ツムグ日本文学

未来に残したい文学の名著

「ツムグ」そして未来へ「ツナグ」

一三〇〇年ほど前から現代に至るまで、様々な時代に日本人が紡ぎ出してきた言葉たち。

そうして紡いできた言葉を通して、同時代の人々はもちろんのこと、時代を超えた多くの読者たちも文学作品に触れることによって、様々な感情を揺さぶられてきました。

そういった文学の魅力のひとつ一つが紡がれてきて現代に至り、また、未来へと繋げていく。

「ツムグ」、そして「ツナグ」。

本書がそういう役目の一端を担えるように、「これは！」という日本文学の名著を「エモい」「愛」「泣ける」「SF・ファンタジー」などのテーマに分けてご紹介しています。

キャッチコピーとともに見所や内容などをわかりやすくまとめ、さらに、それぞれの作品の印象的な場面のイラストを入れました。

「タイトルだけは聞いたことがあるけれど、どんな内容なのだろう」「自分が読みたいと思う作品を見つけたい！」、そんな人にもピッタリの本書です。

また、名著がどんな書斎で生まれてきたのかや、文学に登場する風景や名画、著者の相棒である犬や猫なども紹介しています。

目次

第2章　愛の日本文学

第3章　泣ける日本文学

第4章　ミステリーの日本文学

第5章　SF・ファンタジーの日本文学

第6章　偏愛の日本文学

第7章 美しい日本文学

第8章　作家の書斎

第9章　文学の風景

第10章　文学と名画

第11章　作家と猫　作家と犬

第1章
エモい日本文学

感情を表す英語 emotion の語源は、ラテン語の exmovere で、感情を揺さぶり外に出すことです。日本文学には、言葉を通じて私たちの内面に深く入り、心をこちよく揺らしてくれるものが数多くあります。

1

蜜蜂と遠雷

紙上コンクールという小説の挑戦

恩田 陸

ある国際ピアノコンクールの全プロセスが舞台です。エントリー、一次予選、二次予選、三次予選、そして本選へ。最終ページは、本選の審査結果の掲示です。

ストーリーは、まさにキャラの立つ主要四人による群像劇です。風間塵《かざまじん》は、養蜂家である父と各地を巡るため、なんと自宅にピアノをもたない十六歳の少年です。栄伝亜夜《えいでんあや》は、幼少期から天才少女と称されCDデビューも果たしていながら、母親の死でしばらくピアノを弾けない日々を過ごした経験もある二十歳の女性です。高島明石《たかしまあかし》は、楽器店勤務で、妻子あり、出場年齢制限に近い二十八歳の男性です。マサオ・C・レヴィ・アナトール（名前が超絶カッコイイ）は、米国の名門ジュリアード音楽院在籍中の優勝候補筆頭の十九歳です。

あなたなら誰を〝推し〟ますか。

コンクールのクライマックス。緊張と静寂……本選の舞台で風間塵がピアノを奏で始める。たちまち観客の耳が覚醒する！

2

コンビニ人間

誰も「ふつう」を教えてくれない

村田沙耶香

　世の中は暗黙の了解に満ちています。一方、幼児のころから「私」は漫画なみの逸《いっ》脱《だつ》ぶりで家族や学校で〝浮いた〟存在。お笑い芸の基本は常識とのズレですね。でもそれを実生活ですれば、笑いではなく、みんな引く。死んだ小鳥を公園で見つけても「ふつう」は焼き鳥にしようとは思わない。では、マニュアルもないのに「ふつう」の人はなぜ「ふつう」がわかるのでしょう。

　コンビニには「完全な」マニュアルがある！　笑顔の作り方まで。パズルのピースがスッと嵌《は》まるように、「世界の歯車」として収まる。「人間」がこなせるようになる。「私」はコンビニで初めて「人間として生まれた」と実感する。

　だが、コンビニ外人間こそ実は多くのロールプレイを押し付けあってる強迫《きょうはく》的世界ではないのか……。

コンビニバイトに応募しながらコンビニスタッフを小バカにするクズ男は、コンビニ外でもダメ男。一方「私」は決然と「コンビニ人間」宣言をします。私の全細胞がコンビニのために存在していると。

3

スティル・ライフ

浮遊、透明、静謐《せいいつ》……青年の生

池澤夏樹

Still - Lifeとは一般的に写真や絵画ジャンルの「静物」のことです。十八世紀の欧州では、ナチュール・モルトと呼ばれ、ラテン語では「ささやかなもの」「休息する自然」を意味し、また「死せる自然」という内容も含みます。

本作の場合は、静かなる生活といったところでしょうか。「ぼく」が染色会社のバイト先で知り合った「佐々井」とバーで飲むシーンが複数回登場しますが、誰も大声を上げたり、激昂したり、哄笑《こうしょう》したりしません。静かに宇宙や気象や古代について語り、ウイスキーを傾けています。でも、佐々井には大金をめぐるある秘密があり、静かに物語は盛り上がりをみせます。

自己の内面世界と自己を取り巻く環世界、さらにその両方を視る目ということが意識される作品で、読後感も清涼です。

「私」の隣で佐々井はグラスを見つめて「チェレンコフ光」とつぶやく。宇宙から降り注ぐ荷電《かでん》粒子《りゅうし》が水の原子核と衝突するときに発する光……まあこの水の量では一万年に一度の確率だけど……。

4

身体、わたし、痛み

蛇にピアス

金原ひとみ

ある種の文学作品を読み、その作品世界に入っていくことには、危険をともなわないわけではない。

家族関係に不満や不安や反発があるわけではない、十九歳の少女「ルイ」は、〝クラブ〟での出会いを通じて、「身体改造」に、自分でも説明できないほどの衝動、疼《うず》きを覚えてしまう。目下の目標は、舌ピアスを大きくして、蛇のようなスプリットタンにすること、左肩から背中にかけて龍と麒麟《きりん》の刺青を入れること。

存在すること、生きることのリアリティの虚《うつ》ろさを痛みのリアリティで埋めるかのように。

言葉を追うごとに、こちらの皮膚感覚までもピリピリ刺激され、甘美なものには毒があるように、小説もまた一つの毒であることがわかります。

タトゥーやスプリットタンが完成したら私は何を思うのかと自分に問いかけるルイ。そこに意味なんてないとわかっていながら……。

5

乳《ちち》と卵《らん》

女であること、女になること

川上未映子

「わたし」の姉「巻子」は三十代後半。十年前に離婚し、今は大阪京橋のホステス。何より豊胸手術への強い願望をもち猛烈な資料集めには鬼気迫《ききせま》るほど。一方、巻子の娘「緑子」は、もう半年も話すことを拒絶し、伝達はノートとペン。

緑子の日記のようなノートには、思春期を迎えつつある自分の心身の変化への嫌悪《けんお》が綴《つづ》られています。大人になりたくない……。

そこには、卵子・卵管・初潮といった言葉が次々と出てきます。ノートは緑子の一人称ですから、物語には「わたし」とその姪との二つの視点が入り、立体的です。すべて大阪のことば。

ラスト、パック入りの玉子を次々自分の頭にぶつけて卵黄と卵白でドロドロになる母子の感情の爆発と和解には言い知れぬカタルシスがあります。

すれ違う母と娘。「ほんまのことを言って！」緑子は訴える。でも本当のことなどどこにもないのかもしれない。緑子は感情の噴出で玉子を自分にぶつける。いたたまれない母も自分に卵を……。

6

女生徒

太宰治による女性一人称のガールズトーク

太宰 治

「あさ、目をさますときの気持ちはおもしろい」から始まり、「おやすみなさい。私は、王子さまのいないシンデレラ姫。あたし、東京の、どこにいるか、ごぞんじですか？　もう、ふたたびお目にかかりません」で幕あけとなる女学生の一人称の小説です。

目覚めの気分を押し入れでかくれんぼしているところを見つかったような感じと語り始め、以下、次々心に浮かぶことがらをマシンガントークのようなガールズトークのような、息もつかせぬ言葉の連射となります。

当時十九歳だった有明淑子《ありあけしづこ》が太宰に送った、女学生時代の約四カ月ほどの日記が原案です。太宰はこれを翻案《ほんあん》して目覚めから就寝までの一日の出来事として、まだ見ぬロマンスを夢見る少女の想いとして描いています。

本作は文壇で好評を博し、太宰治は作家としての地位を築くことになります。

入浴後、自分の部屋でユリの香《かぐわ》しさにうっとりしながら、乙女チックな空想に耽《ふけ》る、一日の終わり。

7

伊豆の踊子

天城峠は越えても越すに越せない社会階層

川端康成

旅という非日常の一時《ひととき》、「私」が出会った美しい踊子との数日間の淡い恋模様の物語です。でも、この世は二人きりの世界ではありません。「私」は、旧制第一高等学校（現在の東大教養課程）の学生というエリートで、旅の道中でも一高の制服制帽姿をしています。一方、踊子は旅芸人の一員です。「旅芸人」とは、定住者から見て流れ者であり、物語中でも「物乞《ものご》い」と同様に見下される社会の最下層です。しかも「女」の地位。物語は大正時代ですからね。現在とは違います。

とはいえ、「私」は単にエリートキャラにとどまりません。作中「孤児根性」と表現される自分の寄《よ》る辺《べ》なさや孤独の想いに苛《さいな》まれて、一人旅に出たのです。二人の恋情《れんじょう》は清いものですが、背後に付されたものを視野に入れると一層際立《きわだ》ちます。

「私」が踊子に本を読んでやると、花のような笑顔で目をキラキラさせて顔を寄せてきます。無邪気にして罪深い少女の振る舞い……。うぶな男子学生も夢見心地のひととき。

8

おとうと

仁義なき娘と母の戦い

幸田 文

娘と継母の確執は、『灰《はい》かぶり姫（シンデレラ）』でも日本の「落窪《おちくぼ》物語」にも見られるように強力に物語を駆動するモチーフです。しかし、本作品は、幸田家の実際をかなりの程度反映しています。

幸田文は、文豪幸田露伴の次女で三つ違いの弟がいます。五歳の時、実母を病気でなくし、その二年後姉を亡くします。同じ年に露伴が後妻を迎えます。やがて、この姉弟と継母との諍《いさか》いが開始されます。父は執筆に没頭するばかりで家庭内の不和には無頓着《むとんちゃく》です。やれやれ。この「姉弟 vs 継母」の対立は、〝血で血を洗う骨肉の争い〟とでも表現したくなるような苛烈《かれつ》なものです。なまじ言葉が丁寧な分だけ、逆に皮肉の棘《とげ》が刺さります。

これ、作品として発表しちゃって大丈夫か、というレベルです。

おとうと「碧郎《へきろう》」の振る舞いをめぐって激突、万年筆の修理をめぐって激突、家庭がノンストップのバトルフィールドに。

9

徒然草

悩める現代人よ、我が言葉を聞け！

兼好法師（吉田兼好）

「褒める人も、非難する人も、どちらもいつかは死ぬし、その噂や評判を聞く人もすぐにこの世を去るのだから、恥じたり、人に知られようと願う必要もない。」

現代人である私たちの心にも訴えかける言葉が溢れている『徒然草《つれづれぐさ》』。現代に生きる私たちは、ＳＮＳで匿名の誹謗《ひぼう》中傷に傷つけられたり、虚構の「映え」に振り回されたり、ネット疲れに悩んでいる人も多くいます。鎌倉時代に生きた兼好の言葉に耳を傾けてみませんか？

『徒然草』は、兼好が心に浮かんでは消えていくとりとめのないことを書き留めたもので、恋愛、生活、住まいなどの理想や教養、出家など様々な話題が展開されます。

ちなみに、「長生きすれば恥をかくから、四十歳前で死ぬのがよい」と書いていた兼好は、七十歳頃まで生きました。

冒頭部分の有名な場面。兼好は、することもなく手持ち無沙汰なのにまかせて、一日中硯に向かい、心に浮かんでは消えていくことを書きつけていました。そうしていると、妙におかしな気持ちがしたとのこと。この兼好も、どんな表情をしているのか気になりますね。

column

太宰治は逃した"純文学　新人賞"

芥川賞

作家菊池寛《きくちかん》（本名きくち　ひろし）が起こした文藝春秋《ぶんげいしゅんじゅう》社が、1935年に創始した賞が芥川龍之介賞、通称「芥川賞」です。龍之介は菊池寛とは旧制第一高等学校の同期です。35歳で夭折《ようせい》した彼を悼《いた》んでその名を冠した、純文学、つまり芸術性が高い新人賞です。短編が主です。

年2回、NHKでも報道される、日本一有名な文学賞です。1〜2月と7〜8月に各選考会と贈呈式があります。旧暦の春秋ですが、書籍販売の不振期の話題づくりとの穿《うが》った評判もあります。

本書でも芥川賞作家を数多く取り上げていますが、今回収録できなかった有名どころでは、遠藤周作・石原慎太郎・北杜夫・田辺聖子・横尾忠則・村上龍・辻仁成などが名を連ねます。

「乳と卵」
138回（2007年下半期）受賞
川上未映子 著
文藝春秋／2008年

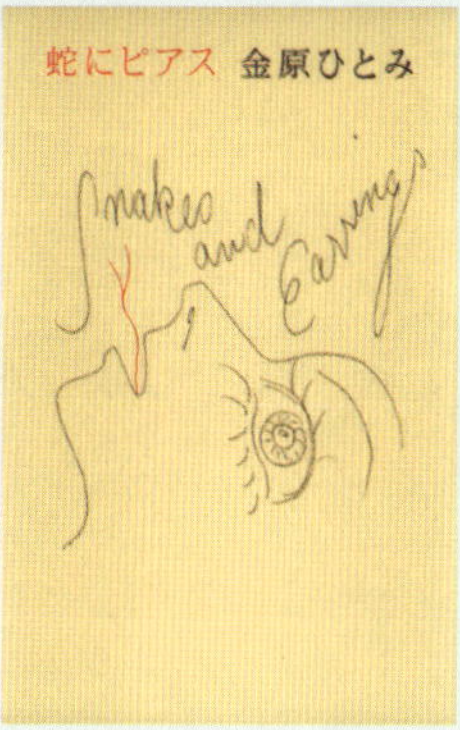

「蛇にピアス」
130回（2003年下半期）受賞
金原ひとみ 著
集英社／2004年

「土の中の子供」
133回（2005年上半期）受賞
中村文則 著
新潮社 ／2005年

「コンビニ人間」
155回（2016年上半期）受賞
村田沙耶香 著
文藝春秋／2016年

第2章 愛の日本文学

かつて宣教師が欧州語のＬＯＶＥに当たる日本語探しの果てに「ご大切に」に辿《たど》りついたという逸話《いつわ》があります。これなら男女の恋愛も親子愛も兄弟愛も動物愛も網羅《もうら》できますね。本書でも多彩な愛の物語を紹介しています。

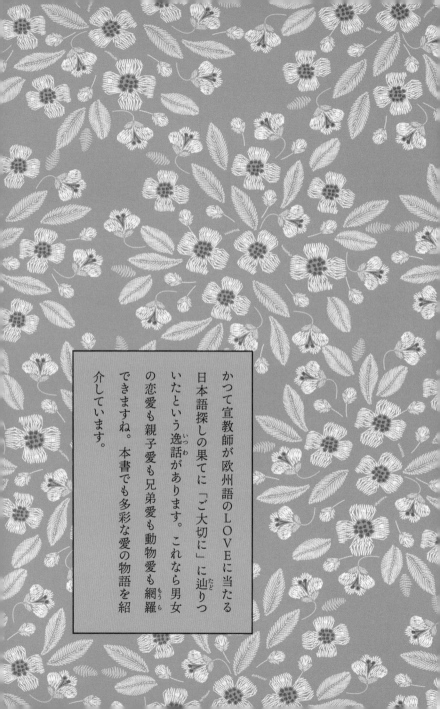

10

学生時代のセンシティブな記憶の数々

ノルウェイの森

村上春樹

三十七歳の「僕（ワタナベ）」の回想から成る物語です。ハンブルク空港に到着した飛行機のスピーカーから流れてきた、ビートルズの『ノルウェイの森』のメロディ……「僕」の感情が激しく揺さぶられます。

十八年前、大学一、二年生の頃の、出会いと喪失の記憶が押し寄せて。直子、レイコさん、キズキ君、ハツミさん、緑……。どれくらい私のことを好きと問われて、「世界中の森の木が倒れるほど」なんて表現がある一方、極めて多くの性描写が、詳細にいくぶん大胆に登場します。でも、淫乱《いんらん》とか奔放《ほんぽう》というのとは、違う誠実な求め合いというような、村上作品の一つの傾向とも言えます。

日本での文学批評いわゆる文壇では、驚くほど悪く書かれる村上春樹作品ですが、極めて多くの読者、特に女性から愛されています。

しばしの口も利かない期間を経て、「僕」と緑の久しぶりのデート。デパートの屋上にて。傘なんかどうでもいいから両手で抱きしめて欲しいと緑。

11

視覚と触覚の交錯《こうさく》

ベッドタイムアイズ

山田詠美

私たちの五感は平等には働いていません。視覚が突出しています。脳の視覚野の大きさも他を圧倒しています。でもベッドタイムは例外です。人間の全営みの中で、ベッド内の行為では、触覚（手触り・舌触り）や嗅《きゅう》覚が優位になり、眼は閉じられたり、明かりを消したりします。

本作の主人公「私」はクラブ歌手のキム、恋人は在日米軍の黒人兵でスプーンと呼ばれています。食事の道具を愛称とする意味を考えてしまいます。二人のベッドタイムも圧倒的に皮膚感覚に迫るものです。不思議にも、読書という視覚を通して読者の触覚・嗅覚が励起《れいき》するよう。

一方で、キムは〝見る女〟です。タイトルもこれを明示しています。従来、女性賛美の文学でも、女性は見られる対象でしたが、本作では見る主体は女です。

スプーンの魅力に溺《おぼ》れていく「私」。そんな自分をじっと見つめる「私」の眼。

12

姉に贈る甘い毒薬
妊娠カレンダー

小川洋子

早くに両親を亡くした姉妹のうち、姉が結婚。妊娠七週＋三日、つわりが始まり、あらゆるもののにおいが鼻につき、ほぼ何も食べられなくなる姉。気遣いで義兄もやせていきます。

二十一週＋三日、唐突につわりが終わり、食欲の権化《ごんげ》と化す姉。二十三週＋四日、土砂降りの深夜、枇杷《びわ》のシャーベットがどうしても食べたい、明日でなく「今じゃなきゃ駄目なの」と訴える。呆然《ぼうぜん》とする義兄と「わたし」。二十七週＋三日、「わたし」は、防カビ材ＰＷＨに浸《ひた》されたはずの米国産グレープフルーツでジャムを煮ます。それは人の染色体を破壊するという……。毎日、妹のつくるジャムを貪《むさぼ》るように食べ続ける姉。三十七週＋五日、臨月、「どんな赤ん坊が生まれてくるか、楽しみね」と呟《つぶや》く「わたし」。怖いです……。

グレープフルーツ・ジャムを素敵な香り、珍しいと頬張る姉。枇杷のシャーベットほどではないと妹。その皮肉もどこ吹く風、食べ続ける姉。

13

文学部唯野教授

大学文学部を舞台に愛を紡《つむ》げるのか

筒井康隆

気鋭の文学部教授唯野《ただの》仁《じん》は、女性にモテるタイプではないけれど、文学理論をノリノリで講じて人気です。一方、自ら小説を密かに発表する二面生活の日々。大学人の格付けでは、理論家こそ一流で、小説家は二流以下なのです。小説が「大説」でも「中説」でもなく「小説」とされる所以《ゆえん》です。大学人でありながら小説が評判と発覚すれば、文学部のただの教授の地位も危うい。

ある日、熱心な受講者である女子学生榎本美奈子から正体を見破られ……。ドロドロの学内政治も絡む中、良家の令嬢であり、「美人ちゃん」でもある美奈子とのぎこちない情の深まりが描かれていきます。

本作は、小松左京・星新一と並び〝日本三大ＳＦ作家〟と称されてきた筒井康隆の新境地を開く、大学学問&恋愛小説の試みなのです。

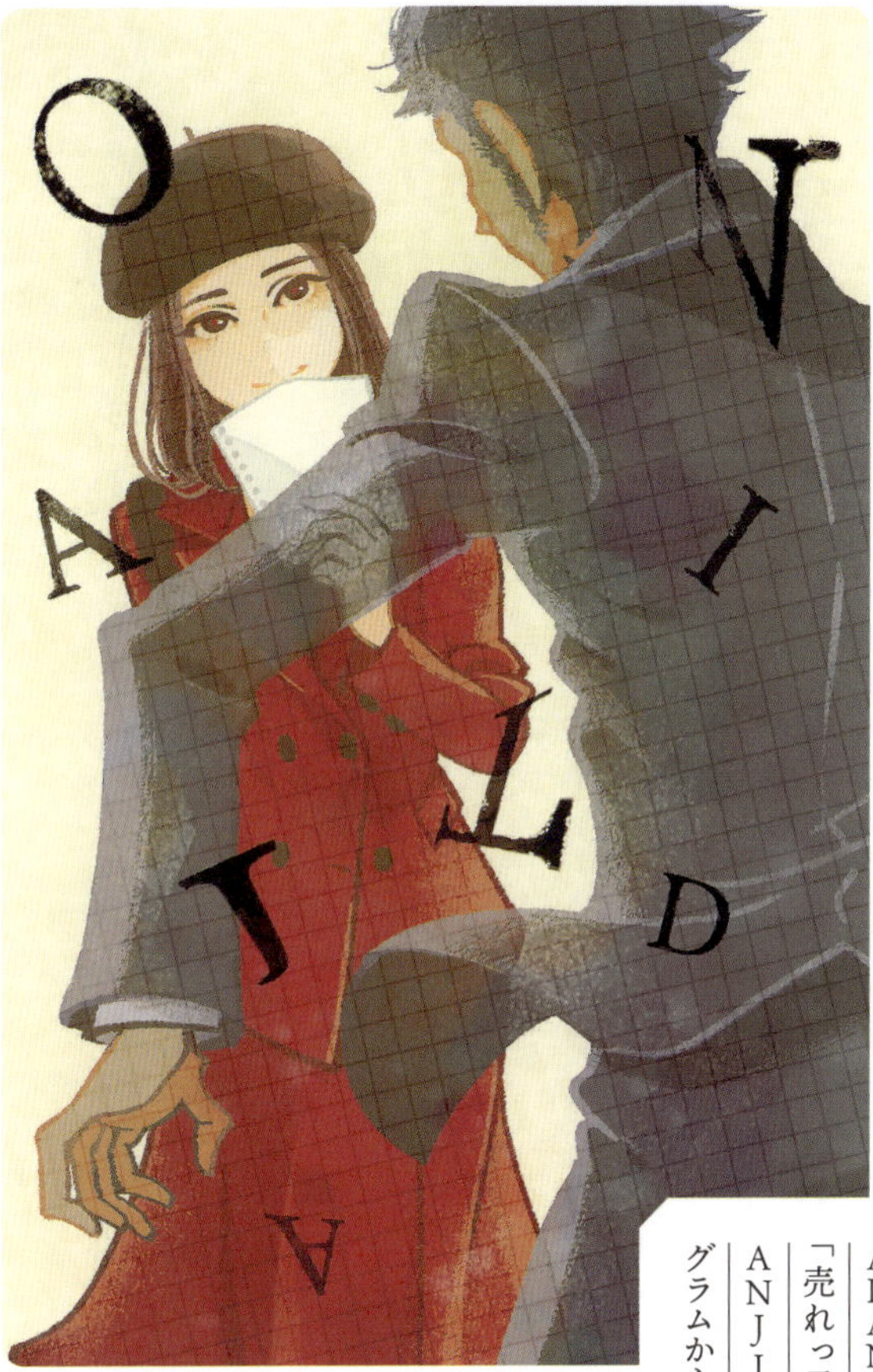

榎本美奈子は、「大学教授TADANO　JIN」が実は、「売れっ子作家NODA　TANJI」であることをアナグラムから見破ってしまう。

14

サナトリウムの恋

風立ちぬ

堀 辰雄

肺を病む婚約者節子。その療養のため八ケ岳山麓《やつがたけさんろく》のサナトリウムに付きそう「私」が語り部です。

「こうして私たちのすこし風変わりな愛の生活が始まった」と二人の日々が回想されます。

なかなか快癒《かいゆ》せず、安静の日々がつづき、死の影がさすなか、互いを思いやる言葉が優しく切ない。何より節子の小さな表情の変化、何気ない振る舞いや語りが、愛する者の目線から描写され哀切《あいせつ》を極めます。

久しぶりに見舞いに訪れた父と会話する節子はちょっとだけ少女時代に戻ったようです。すると「私」は揶揄《からか》うように節子に囁《ささや》きます。「お前は今日はなんだか見知らない薔薇《ばら》色の少女みたいだよ」。「知らないわ」と節子はまるで小娘のように顔を両手で隠します。

夏の高原のサナトリウム。白樺の木陰でくつろぐ節子と「私」。こんな平穏な日々がずっと続いたなら……。ふいに一陣の風が立った。

15

漱石と女心

三四郎

夏目漱石

三四郎が、大学入学のため熊本から汽車で上京する冒頭場面は、近代国家として出発しようとする明治の日本の姿と重なります。だが、道は平坦ではない……。

漱石は近代人、主にエリート男子の心理を描いてきました。男女の機微《きび》はあっても、ほぼ男性目線の葛藤《かっとう》です。

意外にも漱石は〝女心の書けない（書かない）作家〟などと評されます。あの大文豪が？　そういえば、『坊ちゃん』は、「マドンナ」を挟んだ敵味方の対決ですが、マドンナ自身は何を想っているのかほぼ書かれません。『こころ』の「お嬢さん＝奥さん」も。

本作の美禰子《みねこ》も思わせぶりなコケットな女性ですが、それは三四郎からはそう見えるということでしょう。むしろ女性読者は美禰子の視点から、女心ってそうじゃないよと三四郎にやさしく囁《ささや》いてほしい。

香水花とも恋の花とも言われるムラサキ科の植物ヘリオトロープの香をしみこませたハンカチを三四郎の顔に近づける美禰子。美禰子にはすでに縁談が進んでいる。迷える子《ストレイシープ》は美禰子か三四郎か。

16

思春期以前の淡い恋心。しかし、人はやがて大人になる

たけくらべ

樋口一葉

美登利《みどり》は十四歳。活発・怜悧《れいり》で町内の子どもたちの人気者です。でも彼女は、花街、吉原遊郭《よしわらゆうかく》の妓楼《ぎろう》の養女の身。一方、にくからず思う相手、信如《しんにょ》は町内の龍華寺《りゅうげじ》の跡取り息子です。密かにひかれあっているのですが、すれ違う二人。

やがて無邪気でいられた子ども時代は、「祭りの後」のような寂しさとともに終わりをつげ、信如は仏門に入り、美登利にも妓楼の養女として避けられない運命が待っています。

美登利が信如に渡そうとした「紅色の友仙《ゆうぜん》の布切れ」、信如が美登利に宛てた「一輪の白い水仙」は、何を象徴しているのか、想像をかきたてられます。

「たけくらべ」は身長の伸びを競い合う子どもたちの遊戯ですが、成長の喜びは大人としての別れと地続きなのです。

雨の中、下駄の鼻緒が切れてしまって難儀する信如に、美登利は自らの「紅色の友仙の布切れ」を投げ渡そうと……。無言の交感のひととき。

17

舞姫

純愛か出世か。両方じゃダメなの?!

森鷗外

エリートとダンサーの恋は、川端康成『伊豆の踊子』とも通じます。

「太田豊太郎《おおたとよたろう》」のドイツ留学の回想を主とし、一人称は「余《よ》」です。鷗外自身を相当程度は反映してはいますが、当然創作の要素も入っています。鷗外は陸軍軍医としての留学で、豊太郎は、東大法学部卒の文官としての留学です。

ある日、貧しいが可憐な美少女エリスと街角で出会い、恋に落ちます。エリスも豊太郎を頼りとし、愛情をもちます。しかし、豊太郎の友人たちは、日本でのキャリアの妨げと考えて、エリスを捨てるよう進言し、豊太郎もこれをのみます。ですが、その慚《ざん》愧《き》の念にずっと苦しむことに。

高校教科書では苦労しましたが、黙読より朗読するとリズムがあって、ずっと親しみをもてます。

ベルリンの小さな教会の前で忍び泣く、少女エリスに出会う豊太郎。こがね色の髪、青く清らかなで愁いをおびたその目、詩人の筆がなければ表現できないほどの美しさに心を奪われ……。

18

外科室

手術室で燃え上がる恋の炎

泉 鏡花

医学生高峰《たかみね》は、友人と東京小石川の植物園を散策中、お供をともなった華族の娘たちとすれ違います。そのうちの一人と視線を交わしあう。それだけで二人は恋におちて……。

九年の月日が流れ、高峰は病院の外科長、女性はある高貴なる伯爵の夫人になっています。夫人は手術の必要な深刻な病に侵され、執刀医と患者として偶然の再会を果たします。

夫人は麻酔を頑《かたく》なに拒みます。麻酔で眠っている間に譫言《うわごと》で心の秘密を呟《つぶや》いてしまうにちがいないからです。その秘めたる想いを誰かに、付き添いの夫に聞かれるわけにはいかない。

ついに麻酔なしの外科手術が開始され……。

文庫本でわずか十八ページにて極限の殉《じゅん》愛《あい》が描かれます。映画では坂東玉三郎と吉永小百合が演じています。

私が誰かわからないでしょうと
貴婦人。忘れたことはないと
言う外科医。九年ごしの愛の
炎が外科室で燃え上がる。

19

友情

成就《じょうじゅ》するのは友情なのか恋愛なのか

武者小路実篤

野島はまだ売れない二十三歳の脚本家。彼が見初めた美しい杉子は十六歳。妻にしたいとの熱い想いがこみ上げます。自分が有名になる頃には杉子は丁度《ちょうど》十九か二十歳だろう。

杉子への想いを親友大宮に伝えます。大宮は、野島のためにあれこれ画策《かくさく》、奔走《ほんそう》します。ところが、あろうことか杉子が好意を寄せるのは大宮なのです。

これはマズイと大宮は外国への出奔《しゅっぽん》を決意。野島への大宮の友情は本物なのです。しかし、大宮への杉子の愛も本物なのです。

終盤、大宮と杉子との間で何度も手紙のやり取りが、また大宮と野島との間でも手紙が行き来します。それぞれの想いがはっきりと綴《つづ》られます。

子爵《ししゃく》家の武者小路実篤は、人道・博愛を掲げる雑誌『白樺』に参加した理想主義の作家です。

恋の炎に身を焼かれ、愛する大宮に宛てて熱烈な恋文をしたためる杉子。私はあなたのもの。あなたのものになって初めて私は私になると。

20

金色夜叉

未完の大作、幸福な結末を描くなら

尾崎紅葉

一高生寛一《かんいち》と許嫁《いいなずけ》お宮の裏切りと復讐劇……。読売新聞の連載で大人気を博しますが、意外にも未完です。

華麗な文体と通俗的な内容のハイブリッドと評されます。つまり、金銭欲と色欲、美男と美女、金持ちと貧乏人、善人と悪人の典型キャラによるストーリーです。現代の二時間ドラマにも通じます。というより、尾崎紅葉が傾倒していたのは江戸の井原西鶴《いはらさいかく》（『好色一代男』『世間胸算用』の作者）ですから、人々を魅了する型はいつの時代も同じなのかもしれません。『水戸黄門』にもみられる定型物語は、映画・演劇用語で〝ブルジョア・スペクタクル〟というそうなので、西洋も変わらないわけです。

さて、復讐しても心は晴れない寛一、良心の呵責《かしゃく》にさいなまれるお宮。何とかなりませんかね。

こうして会うのも話をするのも今夜かぎりだと寛一。涙にくれるお宮。来年の一月十七日の夜、どこでこの月を見ることになるのか、よく覚えておいてくれと寛一。

21

伊勢物語

ストライクゾーンが限りなく広い男

作者未詳

京都で成人式を迎えた男（十六歳くらいの説がある）が、奈良に出かけて、とある家を覗くと、住人の美女姉妹を発見。着ていた服の裾《すそ》を破り、それにラブレターを書きつけて届けます。

それを皮切りに、天皇の后候補である十七歳年下の女の子を盗み出して駆け落ちしたり、百年《ももとせ》に一年《ひととせ》たらぬつくも髪（＝九十九歳の白髪）の老女（注：おそらく実態は中年女性）とも関係を結び、その後、老女がストーカー化してしまったり、挙句の果てに「神の妻」と考えられている伊勢神宮に仕える未婚の皇女にも手を出すという、前代未聞でやりたい放題の男の一代記です。

この男は在原業平《ありわらのなりひら》だと考えられています。業平は和歌がとても上手く、当時、和歌が上手いとモテモテでした。噂だと三七三三人の彼女がいたとかなんとか……。

男が在宅中にふと垣根のあたりを見ると、なんと例の老女が隠れてこちらを見ている！　当時、覗き見は男性の行為なので、男は驚きます。

22

蜻蛉日記

夫への不満が爆発！　ですが……

藤原道綱母

作者は藤原兼家からの再三のアプローチを受け、熱意に負けて結婚します。ですが、兼家がどうやら浮気をしている様子。そして、夫の外出中に、他の女への手紙を見つけてしまいます。あきれた作者は、召使いに夫を尾行させ、愛人宅を割り出します。最初は仕事などを口実にしていた夫も、そのうち隠す気もなく、愛人のもとへ行くようになるのです。

夫のおかげで何不自由ない生活が送れるけれど、作者は夫を恨めしく思います。そんな時、作者は夫が本妻の所にあまり帰っていないことを耳にし、本妻にお見舞いの手紙を出すのです！

そう、実は作者は妻の一人なのです。しかも、当時は一夫多妻なので兼家は悪くありません。女性が書いた最初の日記、それは、嫉妬心が強い愛人が書いた日記です。

夫のラブレターを見つけた作者。しかし、それは自分宛ではなく、他の女へのもの。私が気づいていることをわからせなければ！……そう思った作者は手紙に「もう私のところには来なくなるのかしら ね」という和歌を書き込みます。

23

ドロドロの禁断の愛

源氏物語

紫式部

帝の子である光源氏は超イケメン。左大臣の娘を正妻に娶《めと》り、地方官の人妻や年増の未亡人、親友の元彼女とも身体の関係を持ち、傍から見れば女性には困らないかのようなモテモテぶりですが、実は実父の後妻・藤《ふじ》壺《つぼ》にずっと恋心を抱いており、叶わない恋に苦しみ続けているのです。

偶然見かけた藤壺ソックリな少女を、後日誘拐まがいに自宅に連れ帰り、理想の女性として育て上げた上で妻にしようと企み、実行します。

そんな中、藤壺への色欲も抑えきれずに、ある日とうとう積年の想いを遂げ、その一夜の関係で藤壺は懐妊・出産します。源氏と藤壺は、背徳感を抱きながら苦悩して生きていくことになり……。

平安時代に生きた一人の女性が描く壮大な長編物語。

体調不良で自邸に里下がりしていた藤壺のもとを訪れた源氏は、藤壺の召使いに頼み込み部屋に侵入。これが最初で最後の逢瀬になると思いつつも、夢心地の時を過ごします。

column

ベテランによるエンタメ

直木賞

文藝春秋社が、芥川賞とセットで 1935 年以来授与するのが「直《なお》木《き》三十《さんじゅう》五《ご》賞」、通称「直木賞」です。直木は菊池寛の友人で、31 歳のとき「直木三十一」の筆名にして以降、毎年「三十二」などと変えていたものを菊池寛にたしなめられて固定したそうです。

直木賞は長編のエンターテイメント性の高い、大衆文学で、しかも中堅以上の作家への賞という位置づけです。“純文学”と“大衆（娯楽）小説”の分類が日本では当然視されている遠因かもしれません。

本書でカバーしきれなかった有名受賞者には、山本周五郎・山崎豊子・野坂昭如・五木寛之・井上ひさし・向田邦子・つかこうへい・伊集院静・高村薫・浅田次郎・なかにし礼・角田光代・井戸田潤などがいます。

「容疑者χの献身」
134 回（2005 年下半期）受賞
東野圭吾 著
文藝春秋／ 2005 年

「蜜蜂と遠雷」
156 回（2016 年下半期）受賞
恩田陸 著
幻冬舎／ 2016 年

「理由」
120 回（1998 年下半期）受賞
宮部みゆき 著
朝日新聞出版／ 1998 年

「対岸の彼女」
132 回（2004 年下半期）受賞
角田光代 著
文藝春秋／ 2004 年

第3章

泣ける日本文学

柳田國男によれば、かつて泣くことは他者との共感や意思疎通の手段でした。文学は、そうした他者への共感、しかも実在しない他者へのエンパシーを引き出し、私たちのコミュニケーションの幅を拡張してくれます。

24
ツバキ文具店
手紙はドラマ

小川 糸

鎌倉で手紙の代書を請け負う「私」雨宮《あまみや》鳩子《はとこ》、通称ポッポちゃん。鎌倉といえば鳩ですが、由来は、鶴岡八幡宮《つるおかはちまんぐう》です。「八」の字が、鳩が二羽寄り添う形から。その地で十一代も続く代書屋です。

季節のめぐりとともに多彩な代書依頼が来ます。それぞれの想いをくみ取る日々。書中でも各事情に合わせた多様な文体と筆跡と筆記具（万年筆や硝子《がらす》ペン）が登場します。やがて、激しい抗《あらが》いの相手だった、今は亡き先代（祖母）の想いも身に染みて……。

鳩子を取り巻く人たちも個性豊かな面々です。鎌倉文士らしいダンディー「男爵」、隣家の「バーバラ婦人（日本人）」、名前が帆子《はんこ》（パンを焼くのも好き）で小学校のティーチャーだからという「パンティーさん」などなど。もちろん、鳩子にも恋の季節が訪れる模様です。

妻を通り魔事件で失ったモリカゲさんとその娘QPちゃんと〝文通〟で親しくなった鳩子。かつて先代におんぶしてもらって眺めた鎌倉の風景を、今、モリカゲさんの背中から見ています。

25

光はだれの中にもある
もらい泣き

冲方丁

三十三本からなる短編集で、どれもうるっときます。中でも『ぬいぐるみ』が白眉《はくび》です。

若い夫婦に待望の赤ちゃんが誕生します。しかし、その男の子は先天的な弱視でほとんど視力がない。光を失って生まれてきた……

何より父親の落胆は男の子らしいオモチャを買ってやれないこと。ミニカーや鉄道模型など硬くて尖ったものは危なくってあげられない。かくて買い与えるものはぬいぐるみばかり。

ある日、父親は将来への不安と起業した会社の不調など心身の疲労で会社を欠勤し、終日寝てしまう、と、翌朝、目覚めるとずらりとぬいぐるみに取り囲まれて、しかも全ての顔を父親の方に向けて。

妻が？　いや妻も驚いている。そう、三歳になった男の子が父を励まそうとして……。

「この子の中に光がある！」

朝日のなか、目を覚ますと、男の子にことあるごとにプレゼントしていたぬいぐるみが、父親に顔を向けて並べられていた。

26

崇高《すうこう》なる犠牲と遺《のこ》された者
塩狩峠《しおかりとうげ》

三浦綾子

　実際に北海道で起きた鉄道事故をもとに三浦綾子が書き下ろしたものですが、関係者への丹念な取材もなされています。

　キリスト教の敬虔《けいけん》な信者であり、また人望のある鉄道員「永野信夫」が主人公です。一方、対照的に利己的で嫌味な人物も登場します。

　信夫が、結納《ゆいのう》のため婚約者「ふじ子」の実家へ鉄道で向かう峠でのこと。急斜面で最後尾の客車の連結が切れてしまいます。ハンドブレーキでは十分に止められず、このままでは多数の乗客ごと谷底へ。信夫は祈りの後、意を決して自らの身体を犠牲にして車両を止めます。

　後日、ふじ子が現場を訪れ泣き崩れます……。

　人間の高潔さと醜悪《しゅうあく》さとの対比、キリスト教の信仰と人間の罪を描いた点では三浦綾子のもう一つの代表作『氷点』とも通じます。

信夫の妻であることを誇りに思うふじ子だが、線路に雪柳の花を手向《たむ》けた次の瞬間、耐えきれず打ち伏せる。塩狩峠にふじ子の泣き声が響く。

27

やがて哀しき少年少女の淡い恋

野菊の墓

伊藤佐千夫

舞台は、松戸《まつど》から江戸川を二里下った矢切の渡しのある田園。「僕」政夫《まさお》が語る、従姉民子《たみこ》との淡い恋で、二人は十五歳前後。

「民さんは野菊のような人だ」「僕はもとから野菊がだい好き」は、有名なセリフですが、次の場面も微笑ましい。

「政夫さんはりんどうの様な人だ」と民子から言われた政夫は、「民さんが野菊で僕が竜《りん》胆《どう》とは面白い対《つい》ですね。僕は悦《よろこ》んでりんどうになります。それで民さんがりんどうを好きになってくれれば猶嬉《なおうれ》しい。」

でも、大人たちの勝手な事情が二人の素朴な愛を成就させてはくれません。「恋の悲《ひ》哀《あい》を知らぬ人には恋の味は話せない」は、筆者のことば。

本作の後日譚《ごじつたん》を男側から書いた『春の潮』、女側から書いた『隣の嫁』があります。切ない……。

田んぼ道を歩く二人。道端で積んだ野菊を半分、民子に渡す政夫。その野菊を顔に押し当てるようにして喜ぶ民子。幸せなある秋の日。

28

山椒魚の悲喜劇

山椒魚

井伏鱒二

「山椒魚《さんしょううお》は悲しんだ」という印象的な言葉からスタートします。うっかり体が大きくなりすぎて棲家《すみか》である岩屋の穴から出られなくなった山椒魚の悲喜劇です。

「ああ神様！」と何度も山椒魚は呻《うめ》き、涙さえ流します。それは不自由という以上に孤独の寂寥感《せきりょうかん》に心が苛《さいな》まれて。

「ああ、寒いほど独りぼっちだ！」

ある日、紛《まぎ》れ込んできた蛙を道連れにしようとします。二匹は激しい口論を始めます。

「お前は莫迦《ばか》だ。」「お前は莫迦だ。」

二年の歳月が過ぎ、「空腹で動けない」と蛙の嘆息《たんそく》。

「それでは、もうだめなようか？」と山椒魚。

「もうだめなようだ」と蛙。

絶望と諦めとほのかな相手への思いやり……。

井伏鱒二の実質的なデビュー作です。チェーホフの『賭け』が原案です。

最期に山椒魚は蛙に「今どういうことを考えているようなのだろうか？」と問い、「今でもべつにお前のことをおこってはいないんだ。」と蛙は答えるのでした。

29

永遠に貴女様を守り抜きます

枕草子

清少納言

高校時代に『枕草子』を学習した時、自意識が高そうなこの作者のことが本当に苦手でした。

ですが実態は、定子は後ろ盾をなくして新しい后・彰子《しょうし》のほうが栄え、定子が没落の一途をたどる中で描かれた作品です。作者は後世に、輝いていた定子を残したかったのでしょう。現代にも通ずる「虚構の映え」ですが、定子を守り抜く信念に泣けます。

一条天皇の后である定子《ていし》がどれだけ素晴らしい女性であるか、どれだけ周りの人間から愛されているかなどが描き綴られており、定子やその身内の人間のキラキラ感で溢れかえっています。

「そんなイケてる女主人に仕えている私（＝作者）の毎日は、まさにリア充なのよ」とばかりに、上流貴族たちとの交流を描き、自慢話のオンパレードです。

中宮定子とその兄伊周《これちか》が対面している様子を覗き、あまりの素晴らしさに感極まる作者。

30 万葉集

千三百年前でも心は変わらない

大伴家持（編纂）

「人はよし思ひ止《や》むとも玉鬘《たまかづら》影に見えつつ忘らえぬかも」

天智天皇が崩御された前後に、妻である倭大后《やまとのおおきさき》が詠んだ和歌三首のうちの、最後の一首です。

他の人がやがて悲しみ嘆くことをしなくなったとしても、私にはいつまでも美しいあなたの面影が見え続けていて、忘れることなんてできないの——。

亡くなってしまい、もう二度と会えないはずの夫の姿を追い求める妻の悲しみが心に刺さりますね。

悲しみは時間の経過によって薄れていくものでもあるのですが、面影を見続けている倭大后には「時間薬」も効きそうにありません。

『万葉集』には死がテーマの挽歌《ばんか》や、北九州警備をした防人《さきもり》たちの悲しみの歌も多く収録されています。

亡き夫を忘れられず、癒えることのない悲しみを抱き続ける倭大后。

column

ビジネスと書物愛の結晶

本屋大賞

2004年開始で、今やウルトラ・メジャーになった栄えある文学賞が本屋大賞です。通常は過去に賞を授かった作家たちによる選考ですが、こちらは日本中の書店員による投票で“全国書店員が選んだいちばん! 売りたい本”が基準です。いわば本の市場《いちば》で「とれたてで一番イキのいいのはコレだ」と威勢のいい声がかかっている作品です。書店員さんは趣味でも読書家が多いですし、そういえば、店内のお手製のポップも楽しいですよね。主催も巨大出版社ではなく、NPO法人本屋大賞実行委員会です。

本書でカバーしきれなかった有名受賞者には、伊坂幸太郎・有川浩・劇団ひとり・原田マハ・西加奈子・いとうせいこう・朝井リョウなどがいます。

「舟を編む」
9回 (2012 年) 受賞
三浦しをん 著
光文社

「かがみの孤城」
15 回 (2018 年) 受賞
辻村深月 著
ポプラ社

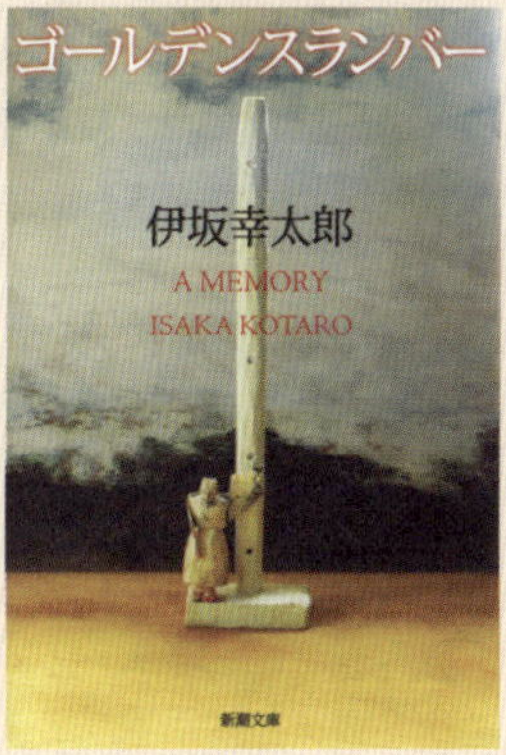

「ゴールデンスランバー」
5回 (2008 年) 受賞
伊坂幸太郎 著
新潮社

「告白」
6 回 (2009 年) 受賞
湊かなえ 著
双葉社

第4章
ミステリーの日本文学

江戸川乱歩らによる探偵作家クラブ（現在の日本推理作家協会）の設立が一九四七年ですから、謎解き・犯罪推理分野の小説には相当な歴史があります。この分野での珠玉の古典と新作がひしめいているわけです。

31

謎解きは希望につながっている

かがみの孤城

辻村深月

雪科《ゆきしな》第五中学一年女子、安西こころが、突如光り出した自室の鏡に吸い込まれた先は、映画かテーマパークで見るような城で……ここには七人のほぼ同年代の少年少女が「招かれて」います。彼らを招き、城の管理者で、奇妙な規則を課すのが、自らを〝オオカミさま〟と呼べと命じる少女です。六歳くらい、人形のようなドレス、豊かな髪、そして狼のお面。

七人は、みな学校へ行けない、行かない訳があり、やがて同じ中学であること、少しずつ世代が違うことを発見していきます。

日本の学校こそが特異な場で、心をすり減らす魔窟《まくつ》であるなら、そうでなくても、特定の場を「ただ一つの世界」にしないで、相対化できる居場所があれば……。この作品自体が多くの少年少女の救いにもなっていることでしょう。

安西こころ、最初の「かがみの孤城」来訪。わけがわからず光る鏡に向かって逃げ帰ろうとすると、〝オオカミさま〟が追いかけてきて……異世界ファンタジーの始まりです。

32

家族×家族×家族……

理由

宮部みゆき

雷鳴轟《とどろ》く暴風雨の深夜、奇妙な〝一家惨殺〟事件が発生……。場所は、東京都荒川区の高級高層マンション「ヴァンダール千住北ニューシティ　ウェスト・タワー」二〇二五号室。しかも、そこに住んでいるはずの家族とは別の人々がそこで……。一体、被害者の身元は？

事件の中心、被害者〝家族〟から同心円状に広がる隣人や〝関係者〟への取材と証言という文体で進みます。「ヴァンダール千住北ニューシティ　ウェスト・タワー」二〇二五号室を爆心地にした、大きなマップが広がる感じ。実に多彩な家族が登場し、このモザイクのような家族の描き分けが大きな特徴です。またほぼ全ての家族に中高生くらいの子がいて、家族像に奥行きが出るとともに、それぞれ非常に重要な役どころを担っています。

悪天候、深夜のタワーマンションに警察車両が次々……。〝事件〟に入居者が騒ぎ始める。あちこちで窓が開き、明かりが灯り、サスペンスドラマの幕開け。

33

告白

静かなる公開処刑の告白

湊 かなえ

四歳の愛娘を二人の中学生によって殺害され、「正しい」制裁を下そうとする女性教師の物語です。第一章と最終章が、彼女による「告白」です。一方、次々と章が変わる度に、語り手と視点が変わります。各容疑者の少年の章、クラスメイトの章、容疑者少年の兄の章では、少年の母親の手紙が出てきて、視点が足されます。湊かなえのデビュー作です。

四コマ漫画の巨匠で書評漫画も数知れない、いしいひさいちは、『藪《やぶ》の中』スタイルと喝破《かっぱ》しています。芥川龍之介の作品ですね。侍の殺人をめぐり、複数の当事者・目撃者の証言、すべて微妙に食い違い、真相は藪の中というわけです。これを黒澤明監督は、映画『羅生門』で試みています。

でも本書は、複数の告白により真相を解明しています。

終業式の日。ホームルームで女性教師の告白が始まる。愛娘を死に追いやった二人の少年の飲み物に、ＨＩＶ感染者の血液を混入したと。

34

取り調べというストーリーテリング

半落ち

横山秀夫

志木《しき》和正《かずまさ》警視、W県警本部強行犯指導官。〝その日〟、彼が指揮するはずは、小学女子児童の連続暴行容疑者宅への突入でした。ところが、同じ日、同県の現役警部がアルツハイマー病を患う妻を扼殺《やくさつ》したと自首。自首なら「完落ち」のはず?! 自首は妻殺害の三日後、つまり空白の二日間がある。しかし、男は黙秘……かつて「落としの志木」と名を馳《は》せた取り調べの名手が、担当になります。

自首した梶総一郎《かじそういちろう》警部、警察学校教官、書道家、温厚、生真面目な人柄。この評価で全員が一致します。七年前、一人息子を急性骨髄性白血病で亡くしています。享年十三歳。〝その日〟は、命日でした。

県警幹部や記者との駆け引きも見どころの一つです。作者は元新聞記者ゆえ、細部に至るリアリティが光ります。

梶はあるものを待っていた。骨髄バンクの財団から「あなたは骨髄提供候補者の一人に選ばれました」と記された封書が届くのを。

35

容疑者Xの献身

かくも頭脳明晰なる人間の自己犠牲は成就するのか

東野圭吾

帝都大物理学科准教授・湯川学を主人公とする「探偵ガリレオシリーズ」の第三弾。物理や数学を絡めた推理ミステリーです。

容疑者Xである石神は、湯川によって「この世に二人といない、僕の好敵手」と言わしめる数学の天才。したがって、このエックスは方程式を書く時のXでなければなりません。

その石神は自らの知力の限りを尽くし論理的思考を極限まで発揮して、実に理不尽にも罪を犯してしまった隣家の母子を救おうとします。

不条理に不条理をぶつけるのではなく、論理的知性によって挑《いど》む。難問だが、「この方程式には必ず解はある——。」そう心で呟《つぶや》く石神。そこに立ちふさがるのが、湯川です。やはり論理だけを武器に。

大学の同期でもある二人の天才が火花を散らします。

最後の取り調べ。そこで石神を待っていたのは湯川学だった。自らの生きる希望であった隣家の美しい母子を守りきる最後の難関は、天才的な学友だった。

36

弁護士剣持麗子登場
元彼の遺言状

新川帆立

〝今彼〟の差し出した婚約指輪に冠したダイヤの小ささに「私」、剣持麗子がブチ切れるオープニング。所属する日本一の弁護士事務所では、今年のボーナス額に激昂《げっこう》！　自分をこの程度と査定されたことに我慢ならない、そして女友達ゼロ、この主人公の人物造形は格別です。

ある日「三つ前の彼」森川栄治の死を知ります。自分を殺した者に遺産を譲るという奇妙な遺言を遺して。かくて数百億円の遺産争奪戦の始まりです。キャラが破格ゆえ、「元カノ」「弁護士」として事件への関わりも尋常ではありません。この麗子と伍《ご》していけるか、読者も試されてますね。でも、謎解きを通じ麗子のことが爽快に感じられるようになります。

「即物的《ザッハリッヒ》な世界線」「競争的贈与《ポトラッチ》の予感」など各章題もカッコイイ。

品川埠頭に真犯人がいる！
ベントレーを駆る麗子、ド派手な高級車の速度違反を追う警察。真夜中のカーチェイス。まんまと警察車両を引き連れて現場に突っ込む麗子。

37

歯車

ドッペルゲンガー、自分の分身と出会うとき

芥川龍之介

稀代《きだい》のストーリーテラー芥川龍之介の遺作ですが、物語の筋らしきものはなく、日記や随想の趣《おもむき》です。しばしば眼前に歯車が回転する幻覚が現れる、それがタイトルです。

近代作家中、最も繊細なハートをもつ芥川龍之介はカナリアにたとえられることがあります。炭鉱でいち早く空気の汚染状況を察知するセンシティブな小鳥です。

作中、ドッペルゲンガーつまりもう一人の自分の話にはドキリとします。自分のドッペルゲンガーを見た者は死ぬと。

自身は自らの分身を見てはいませんが、行った覚えのないところで、お姿をお見掛けしましたよと何度か言われ……。どうやら龍之介のドッペルゲンガーがどこかにいてという展開……。「第二の僕」の死を心配する龍之介ですが、本作発表後、薬物自殺してしまいます。

鏡に我が身を映し出し、「影」「鏡像」と向かい合う芥川龍之介。「第二の僕」は、今どこに……。

38 雨月物語

亡霊、怨霊《おんりょう》、妖怪短編小説集ならコレが一押し！

上田秋成

漢文で書かれた序文と、九篇の短編から成る怪異小説集で、すべてに霊や妖怪などの妖《あやかし》が出てきます。

とはいえ、主人公が霊に説教をして諭したり、感動話かと思いきや皮肉めいた教訓話だったり、不思議な話でどこか温かみがあったりで、全体を通して「怖くて震えあがるようなホラー」というわけではなく、人間くさくて愛すべき亡霊や妖たちなのです。

たしかに、怨霊となり、遊び人の夫とその愛人を取り殺してしまう女性の話などもありますが、生存中はひたすらダメ夫に尽くしてきた女性が、死んでようやく解放されたようなスッキリ感すらあり、怨霊にも関わらず憎めないのです。

中国の口語体の小説や古典に影響を受けて、それをもとに秋成独自の感性が加えられ創造された作品です。

怨霊となった妻に追われたダメ夫は、陰陽師に身体中にお祓いの文字を書いてもらい、護符を戸口中に貼り付けました。

39

東海道四谷怪談

愛憎劇に端を発する歌舞伎の怪談代表作

鶴屋南北

お岩は夫伊右衛門《いえもん》が父を殺した事実を知らず、夫婦生活を送っています。

隣人伊藤喜兵衛《きへえ》の孫お梅が伊右衛門に恋をし、喜兵衛は孫かわいさにお岩からの略奪婚を企み、お岩へお見舞いと称し毒薬を届けます。薬を飲んだお岩は顔が醜く崩れていき、そんなお岩を伊右衛門は捨てて、裕福なお梅と結婚することに決めました。

知人から事実を聞いたお岩は憤怒し、隣家に乗り込むために髪を梳くと、その度に髪が抜け落ちて、血も出て悶え苦しみます。お岩は伊右衛門や伊藤家を心底恨みながら、絶命しました。ここからお岩の復讐が幕を開けます。

夫に裏切られた悲しみ、隣家に騙されて壮絶な死を遂げた苦しみが執念となって、伊藤家や伊右衛門を追い詰めていく愛憎劇ホラーです。

毒薬のせいで、流血を伴いながらどんどん抜け落ちる髪の毛。伊右衛門や伊藤家への恨みが増していきます。

column

作家の事件簿①

“細君譲渡事件”

谷崎潤一郎は29歳で石川千代と結婚し、長女が誕生します。ところが千代の妹（当時13歳で『痴人の愛』ナオミのモデル）を好きになり結婚しようとさえします。これは不調に終わるのですが、15年後、千代と離婚し、千代は佐藤春夫（第一回芥川賞選考委員）と再婚します。3人連名の挨拶状を知人に送ったことにより、当時新聞沙汰にもなった、“細君《さいくん》譲渡”事件です。ちなみに佐藤春夫には同棲《どうせい》していた女優川路歌子がいたはずですが、こちらはあまり話題化されないのは不憫《ふびん》です。

離婚の翌年、谷崎は古川丁未子《とみこ》と結婚しますが、すぐに夫のいる根津松子とダブル不倫となり、4年後には丁未子と別れて松子と3度目の結婚をします。この時谷崎は49歳、松子は32歳です。再婚するたび妻が若くなっています。

column

作家の事件簿②

“軽井沢別荘心中事件”

白樺派の作家として知られる有島武郎は、31 歳の時、神尾安子と結婚します。一男をもうけますが、7 年後に安子は肺結核で世を去ります。有島はこのころから作家として活躍しはじめ、『カインの末裔《まつえい》』『小さき者へ』『生まれ出づる悩み』などの名作を世に出します。

45 歳の時、29 歳の波多野秋子と劇場で出会います。雑誌『婦人公論』の編集者・記者であり、大変な美貌の人として文壇では知られた存在だったようです。二人は恋愛関係となりますが、秋子には夫がありましたから不倫ということになります。しかも、夫の知るところとなり、有島はこの夫から脅迫を受けるようになります。

出会いから1年足らずの 1923 年 6 月、軽井沢にある有島の別荘にて、二人は死を選びます。

第5章

SF・ファンタジーの日本文学

小松左京や星新一らによる日本SF作家クラブ設立が一九六三年ですが、それに先立つこと一〇〇〇年前に、異星からの来訪と帰還を描いた『竹取物語』が存在します。日本文学史の厚みは、SFなしでは語れません。

40

十二国記

フツーの女子高校生が異世界の女王へ!?

小野不由美

現代の地球とは別の、十二の王国が分立する世界……。そこには中国の古代思想を反映した壮大な物語の殿堂が構築されています。また、この世界に生きている者が〝天災〟により、十二の王国のどこかに漂着したり、逆に本来、十二の王国のどこかに生まれるはずの生命がこの世界で誕生したりします。「陽子」も現代の日本の女子高校生であったはずが、〝本来の国〟に呼び戻されて……。

現実の私たちもまた生まれた国や時代を選べません。それを受け入れることもあれば、違和感を感じて〝本来私が生きる場所〟を模索したり、疎外《そがい》されて居場所がないと感じたり。この現実も異世界や魔境と同じくらい平坦ではない世界のようです。これはロールプレイだと思えたら人生はもう少し楽になるかもしれませんね。

異世界からの使者が学校の職員室に突如として出現。「あなただ……お捜し申し上げました」……。

41

精霊の守《も》り人《びと》

短《たん》槍《そう》の使い手、バルサ見参

上橋菜穂子

異界と人間界が交錯する世界が物語の舞台です。人間界といっても皇国の帝が君臨し、第二皇子シャグムが得体のしれないモノ（精霊の卵）を宿したために追放されるという事態が進行中。その少年を偶然にも救うのが練達《れんたつ》の女用心棒バルサです。

二人は恋に落ち……と思ったらバルサの年齢設定は三十歳を超えています。百戦錬磨で抜群に腕が立つ用心棒ですから、ティーンエージの美少女とはいきません。こうしたリアリティが、呪術師や魔界の妖精や魔物も登場する壮大なファンタジーを支えているようです。

作者は、博士号をもつ文化人類学者でもあり、数々のフィールドワークで人間の様々な暮らしに接し、理論的文献とともに世界中の神話を渉猟《しょうりょう》してきたことでしょう。物語の構想力が光っています。

短槍《たんそう》に頭陀袋《ずだぶくろ》を引っ掛けて悠々とつり橋を渡るバルサの雄姿。強い精気が漲《みなぎ》る黒い瞳。武術の心得のある者ならわかる手ごわさが全身から発せられて……。

42

狼と美少女の交感

犬狼都市

澁澤龍彦

　生物学者で魚類の睡眠研究の世界的権威者を父に持つ、十八歳の美少女「麗子」が物語の主人公です。父の仕事関係でアメリカ産狼であるコヨーテを贈られ、東京で飼っています！

　肉屋の肉では飽き足らないだろうと、猟銃で仕留めた数羽の鳥を狼に喰わせる麗子。コヨーテは米国原住民の間では妖魔の犬《メディシン・ドッグ》と畏怖《いふ》される特別な動物です。アラビア語で断食僧を意味する「ファキイル」と名付け、特別な愛情をそそぎます。

　麗子の関心は、婚約者から贈られた光り輝くダイヤの指輪よりも、もっぱらファキイルです。

　ある夜、夢か現《うつつ》か、おれたちはエジプト神話の金狼神アヌビスを祖先にもつ犬狼《けんろう》貴族であるとファキイルが語り出し、それは魚族と戦ってきた壮大なサーガに……。

バスルームに横たわる麗子にファキイルがのしかかり、犬狼貴族の一大叙事詩を語り出す。浴槽に置いたダイヤモンドが鈍く光る。

43

鉛の卵

タイムマシンならぬタイムカプセルで……未来はいかに

安部公房

博識の博士が、卵型のカプセルで百年間冬眠して未来に現代を伝える、そんな伝統を受け継ぐ世界。

博士は、冬眠箱を出て、待ち受ける人々と対面します。しかし、会話はすれ違う。そう、実は、百年後のはずが、八〇万年が経過していた……。

何万年もの飢餓時代を経て、もう人間は食べなくても生きられる体に「進化」しています。そこは、植物同様に光合成でエネルギーを自給できる緑色の人間たちの世界に変貌していたのです。

小説技法としての注目は、未来の視点からの描写です。石炭化した古代都市（！）の地層から「鉛の卵」を採掘するところから物語はスタートします。途中、博士目線になったり、現代の読者視点になったり、カメラワークを感じさせる構図です。〝紙の上に虚構の城を築く〟安部公房の最高傑作です。

八十万年の冬眠?!……緑化した人間たち……曾孫《ひまご》どころか学問の成果を語る学会もなく、もはやホモ・サピエンスであるのは、自分ひとり……。

44

夜空を眺める時、私達は何をそこに見ているのでしょう

銀河鉄道の夜

宮沢賢治

漁《りょう》に出たきり行方不明になった父、病気がちの母、主人公の少年ジョバンニは、孤独な少年です。

その日は、学校の授業で天の川について話があり、それが星の集まりであること、別の国の言葉では、乳の流れたあと（ミルキーウェイ）と表現されることが先生から語られます。

その日の夜は、「銀河・ケンタウルス座のお祭り」で、子どもたちは河原に集まってきます。

気づくとただ一人親しい友達カンパネルラと一緒に銀河鉄道に乗っています。眩《まばゆ》い光の汽車で、まるで宇宙のような、外国のような、夢の中のようなところをどこまでも進んでいき、道中や車中で次々と不思議な人たちと出会います。

「あなたのすきとおったほんとうのたべもの」になることを念じた宮沢賢治の童話です。

「銀河ステーション、銀河ステーション」のアナウンスとともに光に包まれた夢幻のような汽車が目の前に現れて……。

45

南総里見八犬伝

「犬」の文字を名前に持つ犬士たちの壮大なファンタジー

滝沢馬琴

里見義実《よしざね》の飼い犬「八房《やつふさ》」は、義実の娘の伏姫《ふせひめ》が大好き。義実は八房に「敵の景連《かげつら》の首を取ってきたら伏姫を嫁にやる」と冗談で言ったところ、八房は本当に景連を噛み殺して首を持ってきました。約束通り、八房と伏姫は洞窟で暮らし、八房の強い気を受けた姫の腹部が膨らみ、懐妊したかのようになります。

姫はそれを恥じ、自ら刀でお腹を切り裂いたところ、白く輝く気が出て、姫が首にかけていた「仁・義・礼・智・忠・信・孝・悌」の字が彫ってある数珠を包んで空に昇っていき、バラバラにちぎれて、八つの珠が光を放って飛び散ったのです。

この珠を持つ「犬」の名前がついていて、体に牡丹の痣《あざ》がある八犬士たちを探す旅がスタートします。

某国民的アニメ（そちらは七つですが）を彷彿する出だしですね。

義実が「娘と結婚させよう」と考えていた金碗《かなまり》大輔《だいすけ》が、伏姫奪還のためにやってきて八房を鉄砲で撃ち殺します。伏姫は純潔の証のために、父と大輔の前でお腹を切り裂き自害。その時に飛び散った珠を出家した大輔が探しに行きます。

46

異世界の女が地上に降り立つ

竹取物語

作者未詳

竹取の翁が、光る竹の中で見つけたわずか九センチほどの女の子が、三ヶ月で大人の美しい女性に成長します。この美女・かぐや姫は、月の都の人でした。

前世からの因縁で地球に暮らしますが、月に帰ることになり、月からの使者が迎えに来ます。月に帰したくない翁や帝が兵士を準備するも、いざ使者たちと対面すると、戦う気力を奪われ腑抜け状態と化します。

さまざまなアニメや映画に出てくる宇宙人の中でも、この使者たちは最強レベルに入るのではないでしょうか。「戦わずして勝つ」のですから。

そして、着ると感情を一瞬で失くすというアイテム「天の羽衣」。記憶があるからこそ、悲しみもあるものです。しかし、一瞬で無感情になり苦悩から解放されたとしても、それは果たして本当に幸せなのでしょうか——。

使者たちと対面するだけで脱力してへたり込んでしまう兵士たち。手に力を入れることもできず、弓に矢をつがえることもできません。

47

大鏡

スーパー二老人の一七六年間の記憶

作者未詳

一九〇歳の大宅《おおやけの》世継《よつぎ》と一八〇歳の夏山繁樹《なつやまのしげき》という二人の老人が、三十歳くらいの若侍と、文徳《もんとく》天皇から後《ご》一条《いちじょう》天皇までの一七六年間に関して、二老人の記憶をもとに昔語りをするという珍しい設定の物語です。年齢からしてあり得ないのですが、実際に生存中に目や耳にした体《てい》で語られており、歴史上の有名人たちが生き生きと描かれているのがおもしろい作品です。

藤原道長が若かりし時、父兼家《かねいえ》に「我が子たちが、才能溢れる素晴らしい公任《きんとう》の影さえ踏めない（＝傍にも寄れない）のが残念」と言われ、兄二人は何も言えずにいたところ、道長は「影なんて踏まないよ。顔を踏んでやる」と答えたとか云々。

道長の大物ぶりがわかるエピソードなど、道長の栄華を中心に描かれています。

委縮してしまう兄たちとは違い、大胆な発言をする自信たっぷりな道長。

48

古事記

日本最古の歴史書は18禁本!?

稗田阿礼・太安万侶（編纂）

伊邪那岐神《いざなぎのかみ》（男神）が伊邪那美神《いざなみのかみ》（女神）に言いました。「僕の体に一カ所余って出ている部分があるので、あなたの合わさっていない一つの穴にさして塞いで、国を生もうと思うけど、どう?」と。

セクハラ全開ですが、紛れもなく日本最古の歴史書で、これが日本の国生みの場面です。この二人が男女の契りをして、淡路島、四国など順番に生んでいき、日本が完成するのです。

他には、一目惚れした女の子がトイレで大きい方をしている時に、矢に変身した神様がトイレの溝に流れていき、その女の子の大事な部分を突いた話などもあり、「神様」の概念が覆されるかもしれません。

『古事記』の中の神様たちは、とっても人間臭く、面白いのです!

天《あめ》の御柱《みはしら》を伊邪那岐神は左廻りに、伊邪那美神は右に廻ってきて、逢ったところで一線越えようと約束していました。

column

作家の事件簿③

刑法175条「猥褻《わいせつ》文書の販売」違反裁判

伊藤整《いとうせい》がD.H.ロレンス『チャタレイ夫人の恋人』を翻訳・出版すると1951年に起訴され、1957年に有罪が確定。出版元社長25万円、伊藤10万円の罰金刑でした。伊藤は菊池寛賞受賞作家にして東工大教授です。また澁澤龍彦がマルキ・ド・サド『悪徳の栄え』を翻訳・出版した際、1961年に起訴されます。1969年に有罪が確定、出版元社長10万円、澁澤7万円の罰金でした。澁澤の東大仏文の卒論が「サドの現代性」でした。そして野坂昭如《のさかあきゆき》は、永井荷風の『四畳半襖《ふすま》の下張《したばり》』(1917年発表)を1972年に自身が編集する雑誌に掲載した際、起訴され1980年有罪が確定。出版元社長15万円、野坂10万円の罰金です。野坂は『火垂《ほた》るの墓・アメリカひじき』で直木賞を得た作家です。

理由はすべて性描写が露骨だから。でも今ではほとんどそのまま読めます。

column

作家の事件簿④

安吾ライスカレー事件

小説家・批評家の坂口安吾《さかぐちあんご》は、奇行や“武勇伝”でも知られます。原稿が売れない生活苦、友人（太宰治）の心中、複数の薬物中毒など生活も執筆も破綻《はたん》しかけ、夫婦で檀一雄《だんかずお》（直木賞作家で、女優の檀ふみの父）宅に居候している頃、妻にライスカレー100人前を注文させます。檀宅の庭を出前のライスカレーが埋め尽くしたそうです。

なぜカレー？　なぜ100杯？　安吾は東洋大のインド哲学科出身だから?!　まあ、憂さ晴らし、フラストレーションの爆発でしょうか。

安吾の名誉のために書き添えますが、敗戦後間もない1946年4月に発表した『堕落論』は、単なる復興や責任の曖昧化ではなく「正しく堕ちる道を堕ちきること」を唱えた、冴えた日本文化論です。

第6章

偏愛の日本文学

偏愛は、フェティシズム・呪物崇拝《じゅぶつすうはい》であり、人や物のある部分への強い執着を意味します。その際、部分は単なる断片ではなく、一つの小宇宙となります。神は細部に宿るとも言いますが、その描きぶりを堪能してください。

49

痴人の愛

〝育てゲー〟の源流小説

谷崎潤一郎

十五歳の美少女ナオミを理想の妻に育てようと狂奔《きょうほん》する二十八歳の〝真面目な〟サラリーマンの悲劇、いや足蹴《あしげ》にされることもマゾヒズムの愛としては成就しているのでしょう。

文学研究者の中村光夫は、「拝跪《はいき》する自由」と評しています。女性に跪《ひざまず》くことによる自己実現ということです。谷崎自身、女性の足へのフェティシズム、踏まれて往生、昇天したい願望を公言しています。

芥川賞作家島田雅彦は、本作をウラジミール・ナボコフの『ロリータ』に三十年も先立つ「ロリコン小説」と評しています。風呂上りのナオミへの視姦《しかん》描写は圧巻です。ノーベル賞のヘンリー・ミラーやサルトルも谷崎の性愛描写を高く評価しています。なお、ナオミのモデルは谷崎潤一郎の妻である千代子の妹です。それ、まずくないでしょうか。

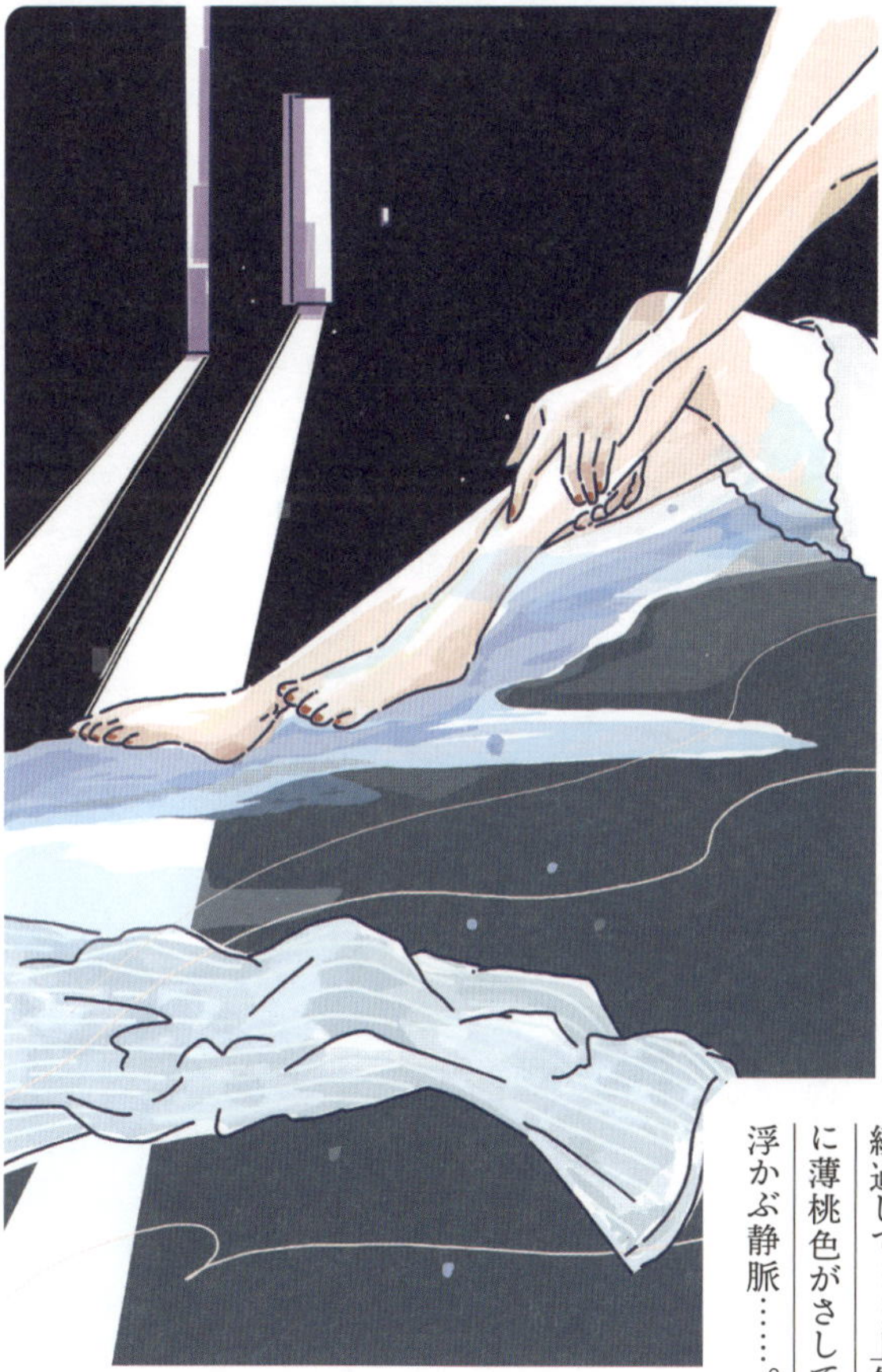

風呂上がり直後よりわずかに時間が経過して……上気した白い肌にほのかに薄桃色がさして、薄い肌にかすかに浮かぶ静脈……。

50

檸檬

紡錘形のレモンは爆弾のカタチ

梶井基次郎

病気とも金欠とも違う得体のしれない「不吉な塊《かたまり》」にさいなまれ京都の街をさまよう「私」。好きなはずだった文具と書籍の老舗《しにせ》「丸善」もいつしか「私」の心を晴らしてはくれなくなり……。

ある日、八百屋の店先で、一顆《いっか》の黄色い、見事な紡錘形《ぼうすいけい》をした檸檬《れもん》に目を奪われます。手に取るといつにない清涼感が心に満ちて。この色、この香、この形、この大きさ以外にはありえない、ある種の完全体。

この一時の爽快さに押されて、丸善へ。でも再び得体のしれない陰鬱《いんうつ》さが心をふさぎます。好きな画集を開く気にもなれず、まるで煉瓦《れんが》のように積み上げて、ふと、思い出した檸檬を画集の城に鎮座《ちんざ》させます。

何事もなかったように店を出る「私」。想像の中では今しも檸檬が大爆発を起こして……。

書店内で画集を無雑作に積み上げて、頂上に檸檬……色彩と構造のカオスが一気に統一される瞬間……静寂、閃光、轟音、爆風……。

51

つゆのあとさき

銀座のカフェー女給のコケットな魅力と媚態《びたい》

永井荷風

「君江《きみえ》」は自由を愛するカフェーの女給です。昭和初期の「銀座のカフェー」というのは、女性を指名するような「クラブ」で、「女給」はまあホステスさんです。君江はそうした女性たちの中でも人気で、ストーカーまがいのこともされています。

多くの取り巻きは、君江を愛人にしようとしたり、嫉妬《しっと》に悶《もだ》える好色で浅薄《せんぱく》な男ばかり（荷風自身そういう店に足しげく通っていた）。

一方、君江は「男を悩殺」するコケティッシュな女性で「下唇の出た口元に言われぬ愛嬌《あいきょう》があって、物言う時歯並の好い、瓢《ひさご》の種のような歯の間から、舌の先を動かすのが一際《ひときわ》愛くるしく見られた」と描かれています。荷風は、現像までこなす写真マニアであり、〝見る人〟ですが、それにしてもどこ見てんのよ！

馴染みの客への君江の嬌態《きょうたい》。相手の煙草を手に取るしぐさ、膝頭が触れるような坐り方、これで陥落しない男はいない……。

52

金閣寺

崇拝の対象をこの手で焼きつくす

三島由紀夫

「幼時から父は、私によく、金閣のことを語った。」で始まる、僧侶である「私」の告白スタイルの小説です。

生来体が虚弱で吃音《きつおん》であることから数々の恥辱《ちじょく》を味わってきた「私」の空想は、残虐なる暴君として「私」をさげすんできた者たちを片っ端から処刑することと内面世界の王者たる大芸術家になることでした。

「私」は、醜い自分に対する美の完全体ともいうべき金閣寺への疎外感と奇妙な一体感を味わいます。空襲で自分も金閣も消失する夢想に酔う。

ところが、「私たちの関係」が変化します。戦争が終わり、そもそも京都には空襲もなく、金閣は今後も未来永劫、その至高の美しさを誇り続けるだろう……。

一九五〇年に実際に起きた〝国宝・金閣寺放火事件〟を題材にしたものです。

金閣寺に持ち込んだ藁束《わらたば》に燐寸《マッチ》で火をつける。燃え上がる炎に恍《こう》惚《こつ》とする「私」。そういえば、子どものころから焚火《たきび》の火おこしが巧かったことを思い出しながら。

53

城の崎にて

生と死の狭間で

志賀直哉

電車に跳ね飛ばされ、怪我の療養のため城《き》の崎《さき》温泉《おんせん》に逗留《とうりゅう》する「私」。そこで目にした蜂《はち》・鼠《ねずみ》・蠑螈《いもり》の生と死。それらに自らの生と死を重ね合わせて生の偶然性に思いを馳《は》せます。文庫本でわずか十ページ。

作者自身、山手線にはねられた経験者です。ケガで済んだのはボディービルダーだったからという説があります。学習院出身で良家の育ちで、虚弱に見られることへの抵抗から鋼《はがね》の肉体改造を。この点、三島由紀夫と共通です。

〝短編小説の神様〟志賀直哉には、やはり鉄道事故をモチーフにした『出来事』という小品もあります。危ういところで子どもが助かる展開で、その子どもと積極的に関わる主役級の青年が登場します。彼の鳩尾《みぞおち》あたりの筋肉描写が印象的です。どこ見てんのよとツッコミたくなります。

兵庫県、城の崎温泉の街をそぞろ歩く「私」。頭をよぎるのは、我が身と儚い小動物、生と死、偶然と必然、生きる意味と生きる意志、運命……。

column

文学の名言①

知られざる神秘の魔境、背中

> ヒトの無防備な背中を前にすると、なぜか言葉を失ってしまう。……そもそも背中は、そのひとの無意識が、あふれているように感じられる場所である。だから、誰かの後ろ姿を見るとき、見てはならないものを見たようで、後ろめたい感じを覚えることもある。
>
> 『背・背なか・背後』より
> 小池昌代

川端康成文学賞・泉鏡花賞など受賞歴も華麗な詩人・エッセイストである小《こ》池《いけ》昌《まさ》代《よ》による背中論。待ち合わせのとき、相手の背中をふと注視したことからあふれ出た思いを綴《つづ》ったエッセイです。背中は、自分にとっても他者にとっても知られざる魔境のようだ、など人間の背中一つでこれだけ雄弁に語れる作家の感受性には驚かされます。自分自身のものでありながら、これほど知っていないものはない背中……この随筆は、東大入試の現代文で採用されたこともあります。

column

文学の名言②

真実への囚われとウソによるリアリティ

歴史家は科学者のマントを着て、文学の林の外縁を逍遙《しょうよう》しているようなものである。……文学では、あるいはウソからはいって行くのかも知れないが、出来上がった世界自体がレアリテを持つということによって、それは現実の世界の中に割りこんで行き、そこに位置を見つける。

『歴史と文学』より　石川淳

芥川賞作家石川淳《いしかわじゅん》が、小説家と歴史家の仕事がいかに違うかを皮肉まじりに記したものです。歴史家は史料に基づく科学をしているつもりでも、史眼と言われる個人のモラル＝価値観や動機が入り込むから科学でありえない。また“これが真実だ”との固執《こしつ》が強いと余計に真実から遠ざかる。一方、文学はウソ＝フィクションでいい。カフカの『変身』みたく“目覚めたら虫だった”のように。しかも、そのウソが人間の究極の孤独などの真実を言い当ててしまいうるというわけです。

第7章 美しい日本文学

文学は言葉のアートです。日常のおしゃべりの日本語とは異なる表現の技巧、彫琢があります。逆に、日常を見る目も変えてしまう〝異化《いか》〟効果と呼ばれるものをもつのが文学に埋め込まれた美しい言葉の特徴です。

54

まだ人生は終わりじゃない

土の中の子供

中村文則

親に捨てられ、親戚夫婦から不条理な虐待《ぎゃくたい》の日々、ついに山で生き埋めにされる「私」。今は施設を出て働く身だが、自ら身を危険にさらす衝動が抑えきれない。過去の痛みの恐怖が浸食して身体の一部になって、恐怖への依存……いやちがう、あの時もその理不尽さに抗して、土の中から生還したのだ。

「私」が読んでいる本が『城』です。そう、カフカの『変身』『審判』に続く孤独三部作で一番重い。なぜ本を読むのか問われて「まあ、救われる気がするんだよ。色々考えこんだり、世界とやっていくのを難しく思っているのが、自分だけじゃないってことがわかるだけでも」と応えます。

読者は、今『土の中の子供』を手にしていることをはっと意識します。孤独と世界への処し方に苦しむ者の存在を知るのです。

大怪我で入院中の「私」。そのベッドサイドにたたずむ白湯子《さゆこ》。彼女も数々の不幸を経験し、今も満身創痍《まんしんそうい》。この二人だから分かり合えるものがある。「……泣けばいいじゃない。ここには、私しか、いないんだから」

55

破戒

社会派小説と私生活の葛藤

島崎藤村

日本社会のダークサイドである部落差別問題に取り組んだ〝社会派〟小説です。個人を、その醜《しゅうあく》悪さも含めてありのままに描こうとする私小説に対し、社会の醜悪さをそのままに描こうという試みです。

主人公は子供達から慕われる小学校教師、瀬川丑松《せがわうしまつ》。新しい教育により社会を変えようとする人です。父の戒《いまし》めを破り、被差別部落出身であるとカミングアウトしてまで。本作により藤村は、日本のエミール・ゾラと評されます。ゾラは『私は弾劾《だんがい》する』で欧州のユダヤ人差別を告発した作家です。

一方、藤村は本書の執筆のため、教職を辞し、収入が途絶える中、三人の子供が死に、妻も深刻な栄養不良で病に倒れます。大きな社会問題のためなら自分の家族を犠牲にしてよいのかという別な問題も提起してしまいました。

帰宅したら皆さんのお父さんやお母さんに私のことを話して下さいと訴え始める教師、瀬川。隠していた大事なことを今日、告白したことを話してくれと……。

56

五重塔

デーモンに憑《つ》かれた大工

幸田露伴

大工の腕は抜群だが、無口で世渡りの小《こ》才《さい》の利かない主人公、十兵衛《じゅうべえ》。「のっそり十兵衛」などと呼ばれ、任されるのは小さな仕事ばかり。幸田露伴は、こういう一途《いちず》で人間関係では不器用な芸術家、職人、豪傑《ごうけつ》を好んで描いてきた作家です。

さて感応寺《かんおうじ》で五重塔建立《こんりゅう》の報を聞きつけると十兵衛は寺の上人《しょうにん》に、死んでもいいから自分にやらせてくれと哀訴します。ここでは「のっそり」どころか喋《しゃべ》る喋る。魔性《デモーニッシュ》のものに取り憑かれたかのように。ライバルに源太という大工がいます。普通、真っ直ぐすぎる主人公に対して、ライバルは姑息《こそく》な妨害をするものですが、とてもいいヤツです。逆に真っ直ぐすぎて依怙地《いこじ》なほどの十兵衛のキャラが際立ちます。

そして塔完成直後、未曽有《みぞう》の大暴風雨《あらし》が到来！

完成したばかりの五重塔に容赦なく吹き付ける暴風雨。欄干《らんかん》から夜の闇よりも黒い嵐の空をにらみつける十兵衛。

57

山月記

超秀才でも人生の選択はままならない

中島敦

唐の中国が舞台です。伯父が漢学者、父が漢文教師の中島敦は、小学生にして中国古典文学全集を読んでしまう少年でしたから漢籍の教養は無尽蔵《むじんぞう》なのです。

主人公李徴《りちょう》は美少年にして超難関の官僚登用試験にパスするほどの秀才です。合格者の掲示板を「虎榜《こぼう》」と言いますが、俊才を虎にたとえる習慣があったのです。これが話の伏線です。

試験に合格しても最初は下っ端《したっぱ》役人からはじまります。李徴はこれに我慢ができずに退職。詩人として百年後にも名を遺《のこ》す決意をします。しかし、文名は上がらず、生活は困窮。妻子のため地方役人に復帰も、すでに旧同僚は出世していてやりきれない。詩才への絶望と相まって、ある公用の旅の途中、錯乱して失踪《しっそう》。やがて人喰い虎の出没情報が……。

再会した旧友に語りかける虎。あの丘から振り返ってもう一度、自分の醜悪な姿を見てくれ。もう二度と会おうなどと思わないように……。

58

平家物語

盛者必衰。無常観の代表作

作者未詳

「祇園精舎《ぎおんしょうじゃ》の鐘の声、諸行無常《しょぎょうむじょう》の響《ひびき》あり」、あまりにも有名な冒頭部分です。かっこよく美しい言葉の響きですね。この世のすべてのものは常に変わり、永遠なものなんて何もない、ということを言っています。

平清盛《たいらのきよもり》は太政大臣として君臨し、平家一門は栄華を極めました。清盛の義弟時忠《ときただ》が「この一門にあらざらむ人は、みな人非人《にんぴにん》なるべし（平家一門でない人は、みんな下位層の存在である）」と言ったように驕り高ぶっていた平家に対して、謀反が起こり、その度に押さえてきたものの、ついに源頼朝《みなもとのよりとも》が挙兵します。続いて源義仲《よしなか》や平家に不満を持っていた者たちが反旗を翻《ひるがえ》していきます。気が付けば周りは平家の敵だらけ。

源平の争いの中に多くの恋愛話も交えながら、平家滅亡に向かって話が進められていくのです。

小宰相《こざいしょう》という女房が、女院のお花見のお供をしていた時、平通《みち》盛《もり》が小宰相をちらっと見かけて一目惚れ。それもそのはず。小宰相は宮中で一番美人だと言われていました。通盛は小宰相の面影を忘れられなくなり、彼女に夢中になります。

第8章

作家の書斎

本を読むことと同様に、人の本棚を眺めるのは快楽の一つです。まして作家の書斎、文学作品を生み出す工房であれば、なおさらです。書籍の集積がもう何かを物語っていますし、書く道具や机回りも香気を発しています。

夏目漱石の書斎

漱石山房、弟子たちのアルカディア

一九〇七年から最後の九年を過ごした東京新宿区の住まいが「漱石山房《そうせきさんぼう》」と呼ばれ、現在は同名の記念館になっています。この一九〇七年は、東大講師を辞め、朝日新聞専属作家となる年です。学者から小説家への〝堕落〟と話題になりますが、連載小説の大好評により朝日新聞の発行部数が増大したほどでした。なお、文部省が授与しようとした博士号を辞退した〝事件〟は一九一一年です。

享年四十九歳という若さですが、その間、父として二男五女を、また師として多くの弟子も育てました。芥川龍之介・寺田虎彦・久米正雄・中勘助《なかかんすけ》・内田百間《ひゃっけん》……ある種の家族的共同体だったようです。特に『三四郎』のモデル小宮豊隆《こみやとよたか》などは毎日のように訪れ、ある日など二度も来て、ご飯を食べています。漱石は克明な日記を遺していますからね。

二月十四日（金）、夕方、小宮豊隆帰る。
二月十五日（土）、小宮豊隆来て泊まる
二月十六日（日）、小宮豊隆は荒井某と長時間話す。
二月二十日（木）、小宮豊隆など来る。鈴木三重吉遅く来る。
（『漱石日記』）

澁澤龍彦の書斎

〝龍彦の国〟ドラコニア

幻想小説と批評と仏文学の翻訳（サドの『悪徳の栄え』は「猥褻《わいせつ》」とされ有罪判決）で知られる澁澤龍彦《しぶさわたつひこ》ですが、鎌倉に佇む邸宅内の書斎は、それ自体がこれ以上ないほど彼の人物像と作品傾向を雄弁に語るものです。龍彦の名に由来する、まさにドラコニア、ドラゴンのユートピア（再婚したお相手は『芸術新潮』編集者、名前は前川龍子）。

澁澤龍彦は、博覧強記と不可思議な蒐集《しゅうしゅう》品により〝万有博士《ばんゆうはかせ》〟と称されます（新一万円札の顔、渋沢栄一は縁続き）。そのコレクションで一際眼をひくのが、ベルメールの関節人形と四谷シモン作の人形『少女4』です。澁澤の評論集『少女コレクション序説』の表紙に採用されています。ゾクッとするほどの美少女で、澁澤龍彦は「娘」と呼んでいます。

私の書斎に置いてあるので、この人形が、夜中に私が机に向かって仕事をしているとき、いつでもだまって私を見ていてくれる。我が家にきてから今年で三年目だが、私の実感としては、もうずっと前から私の書斎に住み着いているかのような気がしてならない。いうまでもあるまいが、私はこの人形がたいそう気に入っているのである。

（『少女コレクション序説』）

愛妻と書物と暮らす束《つか》の間の日々

芥川龍之介の書斎

夏目漱石の一番弟子ともいうべき存在が、芥川龍之介です。漱石の書斎・終《つい》の棲家《すみか》は東京新宿ですが、龍之介の書斎・終の棲家は、東京田端《たばた》です。

師匠の娘との縁談話もあったようですが、食べてしまいたいくらいかわいいと恋文《こいぶみ》に書いたこともある塚本文《つかもとふみ》と結婚し、三男をもうけます。三十五歳で自死してしまうため独り身イメージの龍之介ですが、家族をつくっています。

新婚時代は鎌倉に住んだこともあります。横須賀の海軍機関学校で英語を教えていたので、当時の苦労話は自伝的な「保吉《やすきち》もの」で語られています。その後、毎日新聞に入社し、執筆に専念できるようになります。師匠の漱石は朝日新聞社でした。

この頃ボクは文ちゃんがお菓子なら頭から食べてしまいたい位可愛い気がします。嘘じゃありません。文ちゃんがボクを愛してくれるよりか二倍も三倍もボクの方が愛しているような気がします

（芥川龍之介が塚本文に送った恋文より）

日本フェミニズムの出城
平塚らいてうの書斎

平塚らいてうは、作家として女性解放に尽力した人物です。その拠点として一九一一年、「青鞜《せいとう》社」を設立、女性のための文芸誌『青鞜』を創刊します。創刊号の有名な表紙絵は、後に高村光太郎の妻となる長沼智恵子《ながぬまちえこ》によるものです。青鞜社の社員や会員には、与謝野《よさの》晶子《あきこ》・岡本《おかもと》かの子・野上弥生子《のがみやえこ》などがいます。

もっとも与謝野晶子とは、介護や育児など主に女性が担ってきた分野での国家による支援や助成をよしとする（平塚）か、よしとしない（与謝野）かで、激しい論争もあります。女性の自立や解放の同志であっても和気藹々《わきあいあい》ではないわけです。

「元始、女性は太陽だった」は平塚の有名なことばですが、そういえば、横光利一《よこみつりいち》の『日輪』の主人公は、卑弥呼《ひみこ》です。

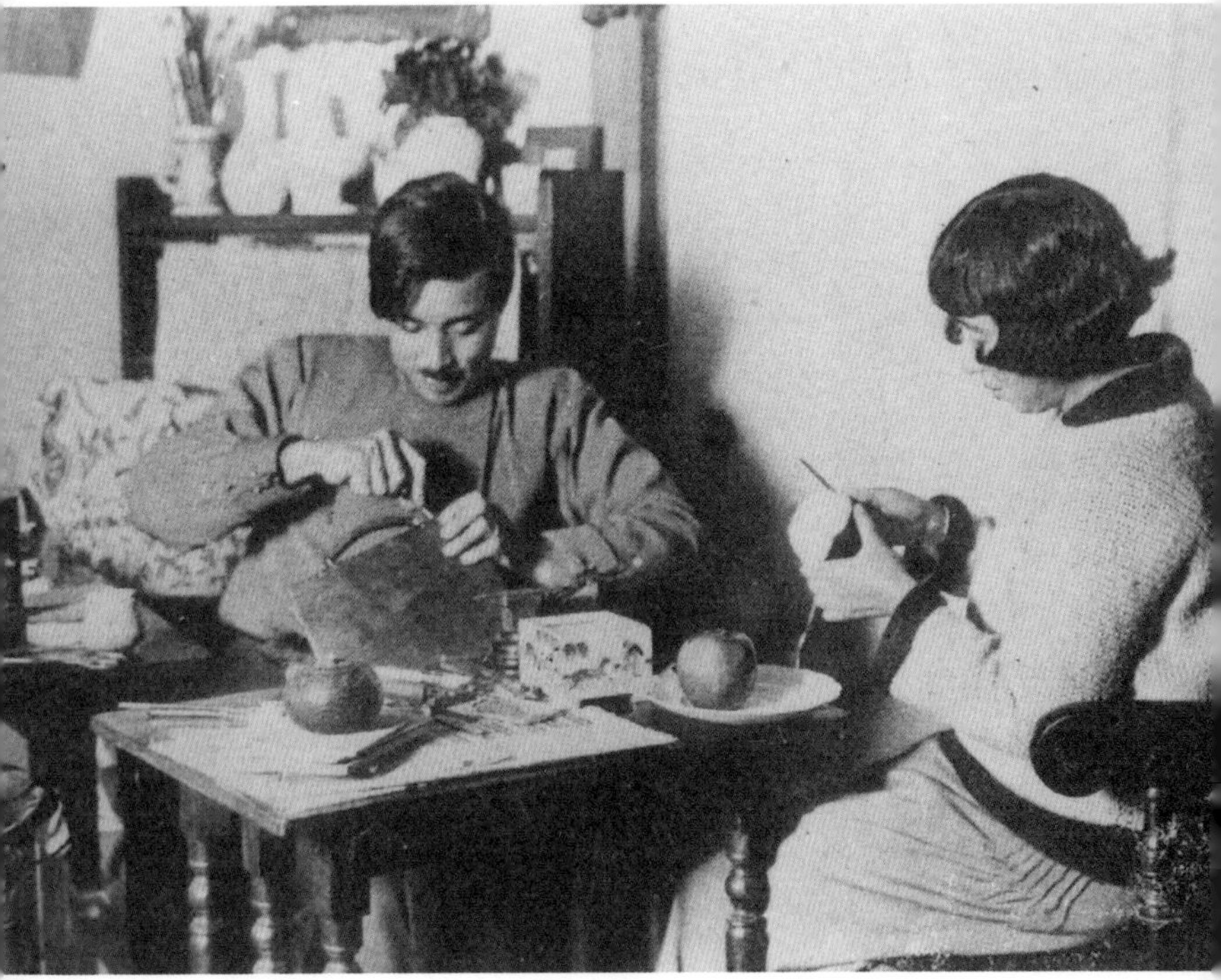

元始、女性は実に太陽であった。真正の人であった。今女性は月である。他に依って生き、他の光によって輝く病人のような蒼白い顔の月である。私共は隠されて仕舞った我が太陽を今や取り戻さねばならぬ。

（『青鞜』創刊のことば）

官能の歌人が創設した自由と芸術の砦《とりで》

与謝野晶子の書斎

与謝野晶子は、後に夫となる与謝野鉄幹が創始した雑誌『明星』で才能を見出され、エロチック・官能的と評される歌集『みだれ髪』を二十三歳で刊行します。鉄幹は女性関係に非常に問題のある人で、不倫を経て晶子と再婚します。ともあれ、十二人の子宝に恵まれます。

この夫婦の文学的・芸術的功績は、神田駿河台（御茶ノ水）に文化学院を同志とともに創設したことでしょう。一九二一年、晶子四十三歳のときです。自由と独創性をモットーに掲げたこの専門学校からは多くのアーティストが輩出されました。

教員には、菊池寛・川端康成・佐藤春夫・有島武郎・芥川龍之介・室生犀星・高浜虚子・遠藤周作などがいます。どんな大学文学部もかなわない陣容でしょう。

柔肌の　熱き血潮に
触れもみで
哀しからずや　道を説く君
(『みだれ髪』)

家庭は執筆の現場

宮本百合子の書斎

戦前、労働者の解放のために文学で戦い、弾圧されていたプロレタリア文学の参加者が宮《みや》本《もと》百《ゆ》合《り》子《こ》です。フランス語で労働者の意味ですから、英語ならワーカー文学・レイバーラー文学ですが、日本の作家はかなりフランスびいきゆえ、プロレタリア文学となったようです。なお、日本共産党書記長にまでなった宮本顕治《みやもとけんじ》と結婚してからこのペンネームです。

労働者の権利保障などない時代は女性の権利もない時代で、彼女にとっては労働者の解放と女性の解放は同じ軸だったでしょう。

自宅で家事育児ではなく執筆という姿は、当時において重要な意味をもったはずです。夫への「内助の功」に終始せず、自ら表現者として立つという意味です。

「仕事から云えば、学校の先生よりこの方があなたの本道なんだから、云いわけをしないですむようなものに仕上げなけりゃあいけないわ」

彼らは、原稿について、暫く話した。昨日の午後、今朝と、それを読みながら感じたのだが、伸子は、それを書いたのが夫だからと云って、自分がいささかも寛大な批評者となれないのを知った。

（『伸子』）

外で仕事、内で家事育児、両立への道は未だけわしい

佐多稲子の書斎

宮本百合子と同じくプロレタリア文学運動に参加し、作家として女性解放にも尽力したのが佐多稲子《さたいねこ》です。

『三等車』という印象的な作品があります。タイトルからして階級格差・労働者目線を連想させますが、三等車の中の、多様性がむしろテーマの一つです。ビジネスライクなファッションでカバン一つ提げて列車に乗る「私」と二人の子供を連れて家財道具を背負う生活感ありありの女性との対比が鮮やかです。

家事育児に専念せねばならず、外に働きに出ることができず、それでいて夫の稼ぎではなかなか大変な生活事情が語られます。この母子の容姿の描写が詳細なのですが、上から目線でジロジロ見るというのではなく、温かく書かれています。

鹿児島ゆきの急行列車はもういっぱい乗客が詰まっていた。小さな鞄《かばん》ひとつ下げた私は、階段を駆け登ってきて、……坐席を闇で買うのは初めてだった。が話は聞いていたので、私はその男との応対も心得たふうに言って、内心ほっとしていた。名古屋で乗りかえるのだったが、今朝まで仕事をして、今夕先方へ着けばすぐ用事があった。

（『三等車』）

岡本かの子の書斎

爆発する芸術の揺籃《ようらん》

岡本かの子は、若い男のパトロンである元芸者を描いた『老妓抄《ろうぎしょう》』で知られる他、『食魔《しょくま》』『鮨《すし》』など食通や職人など食べ物関連の作品の多い作家です。『鮨』では、魚や肉を食べると身が汚れるように感じて食べられない、ナイーブな息子の心を解きほぐそうとする母親を描いています。

夫は岡本一夫《おかもとかずお》で、ヒット作に恵まれない作家・漫画家で、おまけに放蕩家《ほうとうか》でしたから、生活は大変だったようです。

この二人から生まれたのが、「芸術は無目的的なエネルギーの爆発だ」で知られる岡本太郎《たろう》です。一九七〇年の大阪万博のシンボル「太陽の塔」を制作した芸術家であり、芸術に〝癒し〟〝きれい〟を求めることを断固拒否した人です。

このように、今までそれなしには「すぐれた芸術」とはいえないとされていた絶対の条件がなにひとつなくて、しかも見るものを圧倒し去り、世界観を根底からくつがえしてしまい、以後、そのひとの生活自体を変えてしまうというほどの力をもったもの、――私はこれこそ、ほんとうの芸術だと思うのです。
(『今日の芸術』岡本太郎)

第9章
文学の風景

『風景の哲学』を書いたジンメルによれば、単なる自然としての景色に対して、人間の心が入ったものが風景です。風景画とは言っても景色画とはいわない所以です。文学にも思い入れたっぷりのランドスケープが登場します。

どっちから越える?

伊豆・天城

松本清張・川端康成・井上靖

伊豆半島の真中にある天城峠は、北側の修善寺・湯河原と下田など半島南部とをつなぐ街道にある難所の一つです。標高八二〇メートル、周りは渓谷です。石川さゆりが歌う『天城越え』(吉岡治作詞)にも登場する浄蓮《じょうれん》の滝も近くです。『伊豆の踊子』の旅芸人一座もそれを追いかけた一高生(および川端本人)も修善寺側から天城峠を南へと越えました。これと対照的に、松本清張の『天城越え』では、十六歳の「私=鍛冶屋の倅《せがれ》」は逆方向から峠を越えています。時代設定も同じで、川端作品への明らかな対抗心があります。

この天城山麓《あまぎさんろく》の山村の小学校に通っていたのが井上靖です。自伝『少年』に詳しいですが、まるで野生の猿のように野山を駆け回り、谷川で泳いでいます。

暗いトンネルに入ると、冷たい雫《しずく》がぽたぽた落ちていた。南伊豆への出口が前方に小さく明るんでいた。トンネルの出口から白塗りの柵に片側を縫われた峠道が稲妻のように流れていた。この模型のような展望の裾の方に芸人たちの姿が見えた。

（『伊豆の踊子』川端康成）

谷の村から世界へ

愛媛県大瀬《おおせ》村

大江健三郎

日本人としては二人目のノーベル文学賞（一九九四年）に輝いた大江健三郎の生まれ故郷です。現在は、近隣との町村合併を経て内子町《うちこちょう》となっている、愛媛県南部の山深い場所です。

大江健三郎は、東大仏文科で学び、学生時代から小説を発表し評価されてきましたが、初期の『芽《め》むしり仔撃《こう》ち』も『飼育』（当時史上最年少で芥川賞）も、世界的評価を決定付けた『万延元年《まんえんがんねん》のフットボール』も話の舞台は、故郷の山村です。

一般的に普遍性は、個別・特殊性の対義語ですね。フランツ・カフカの小説も安部公房の小説も、具体的な土地ではない幻想性や虚無性が特徴ですが、大江文学の場合には、愛媛の山村の土着性から世界中の読者を貫く普遍性があるようです。

バスが森のただなかで事故のように不意にとまる。……暗く茂った常緑樹群の壁に囲まれて深い溝の底を走っているような林道の一点に停止したわれわれの頭上には、冬空の狭いつながりがある。……バスは地方都市の起点からすでに五時間走り続けている。

（『万延元年のフットボール』大江健三郎）

物語の揺籃《ゆりかご》

箱根

安部公房・京極夏彦

神奈川県箱根は、温泉と駅伝で知られる一方、近年では『新世紀エヴァンゲリオン』の〝聖地〟であり、またここを舞台とする小説も多数存在します。京極夏彦『鉄鼠《てっそ》の檻《おり》』、湊かなえ『山女日記』、三浦しおん『風が強く吹いている』など……。

さて、大江健三郎と並んで世界的評価の高い作家、安部公房の主な仕事場の一つが箱根でした。〝消しゴムで書く作家〟を自認し、推敲では原稿用紙を切り刻んで順番を入れ替える操作まで。そのためワープロが百万円超の時代にいち早く導入しています。舞台の演出も手がけ、音響機器や自作のオブジェも犇《ひし》めく安部〝工房〟です。

そこで生み出された作品は、故郷喪失文学《ハイマートロス》と評されるほど日本の土着性は希薄で、世界性・普遍性にあふれています。

誰でも、風景に接した場合、
つい自分に必要な部分だけ
を抽き取って見がちなもので
ある。
(『箱男』安部公房)

文豪の交差点

松山

夏目漱石・正岡子規

盟友、漱石と子規は江戸時代最後の年、一八六七年生まれです。漱石は東京、子規は愛媛県松山で生を受け、二人は二十一歳前後で東京大学予備門のち一高で一緒になっています。その後、漱石は東大英文科を卒業、子規は東大国文科を中退しますが、俳句・短歌の創作や評論を続けます。漱石との交流も続いています。

さて、漱石二十八歳のとき松山の尋常中学の教師に赴任します。かつて子規も学んだ学校で、『坊ちゃん』の舞台とも言えます。松山城、路面電車、道後《どうご》温泉は今も当時の風情を伝えています。その後漱石は、熊本の五高の教員を経て、英国留学に至り、その頃、子規は三十四歳で死去しています。子規が残した雑誌『ホトトギス』は、漱石デビューの場となります。接点の豊富な二人なのです。

それから学校の門を出て、すぐ宿へ帰ろうと思ったが、帰ったって仕方がないから、少し町を散歩してやろうと思って、無暗に足の向く方をあるき散らした。県庁も見た。古い前世紀の建築である。兵営も見た。……おれはここへ来てから、毎日住田の温泉へ行く事に極めている。ほかの所は何を見ても東京の足元にも及ばないが温泉だけは立派なものだ。せっかく来た者だから毎日はいってやろうという気で、晩飯前に運動かたがた出掛る。

（『坊ちゃん』夏目漱石）

理想主義者の夢の地

岩手

石川啄木・宮沢賢治・柳田國男

石川啄木《いしかわたくぼく》の短歌「不来方《こずかた》のお城の草に寝転びて空に吸われし十五の心」で、盛岡城を中心に岩手の眺望が開けます。啄木の十年後に生まれ、同じ盛岡中学で学んだのが宮沢賢治です。彼が岩手を理想化した造語にイーハトーブがありますね。農業技術者でもあり、この地への格別の愛着が感じられます。

民俗学的関心から東北の伝承を『遠野《とおの》物語』としてまとめたのが柳田國男《やなぎたくにお》です。座敷わらし・河童《かっぱ》・山男・山女が登場します。座敷わらしが出る現代の作品としては、芥川賞作家三浦哲郎の『ユタとふしぎな仲間たち』が忘れられません。

さて、柳田と賢治にはエスペラント語への関心という接点があります。ポーランドのザメンホフが世界共通語を目指して創始した希望を意味する言語です。

教室の
窓より遁《に》げて
ただ一人　かの城址《しろあと》に
寝に行きしかな
（『一握の砂』石川啄木）

聖地と異能の人たち

和歌山・紀州・熊野

中上健次・南方熊楠

一九四六年、紀州に生まれ、この地を舞台に血縁との葛藤を描いた作家が中上健次《なかがみけんじ》です。芥川賞の『岬』はその代表作です。東京とも往来しながら、その土着性から離れず、それでいて世界的にも評価の高い作家です。

もう一人、紀州のローカル性とグローバルを刺し貫く人物に、博物学・粘菌学・民俗学で業績をもつ南方熊楠《みなみかたくまぐす》がいます。一八六七年生、一八八四年大学予備門入学は、漱石や子規と同じです。その後、米英で学識を積み、帰国後は熊野で植物採集と研究を続けます。『ネイチャー』誌掲載論文数、五十一本は日本人最多記録です。

山林と谷川と人の暮らし、聖地、古道、海上の道が織りなす一種の異世界の趣がこの地にはあります。司馬遼太郎も格別の関心をもって熊野を探訪しています。

紀伊半島を六カ月にわたって廻ってみる事にした。

半島とはどこまでもそうであるように、冷や飯を食わされ、厄介扱いにされてきたところである。理由は簡単である。そこが、まさに半島である故。

紀伊半島の紀州を旅しながら、半島の意味を考えた。

（『紀州―木の国・根の国』中上健次）

教会の中の人としてではなく……

イグナチオ教会

遠藤周作

遠藤周作は伯母の影響もあり、十二歳でカトリックの洗礼を受けています。また、慶應義塾大学仏文科に進学する前に、カトリック系である上智大学予科に入学しています。日本人にとってのキリスト教という深いテーマで思索を重ねた作家です(一方で、ユーモアも解する懐の広さ、人間的器量の大きさでも知られます)。教科書にも載る『沈黙』が一番有名ですが、フランス留学後に発表して芥川賞を受賞した『白い人』も人間の悪魔性とキリスト教の救済について問題提起しています。

晩年の『深い河』は集大成とも言うべき作品で、主人公の青年はカトリック系大学の神学部生です。悩みつつも正統キリスト教会からは支持されない独自のキリスト教解釈へと向かいます。

「今度の日曜日あなた、教会に行くの」「…………」「行かないの」「行きません」……「あなたは卒論のテーマを決めた？」美津子はさすがに憐れになってお義理に話しかけた。「うん、現代におけるスコラ哲学」
（『深い河』遠藤周作）

第10章

文学と名画

絵画は独立した芸術ですが、絵画の名作に言及したり、題材にした文学作品は少なくありません。美術館で鑑賞するような名画を書籍と物語の中で味わえるわけです。芸術のクロスファイア（十字砲火）を浴びてください。

伝統と革新

平野啓一郎のドラクロワ

『日蝕《にっしょく》』で芥川賞を受賞した平野啓一郎《けいいちろう》の作品に『葬送《そうそう》』があります。十九世紀フランスが舞台で、主人公はショパンと〝色彩の魔術師〟ドラクロワです。表紙はドラクロワによるショパンの肖像画です。

平野啓一郎は、京都大学法学部時代、西洋学問上の〝事件〟を我が事のように語る小野紀明《のりあき》教授の講義に感銘を受け、芸術を含むヨーロッパ思想史への造詣を深めた作家です。ドラクロワは革命性と反動性の両方を特徴とし、「ルネッサンス最後の画家、近代最初の画家」とも評されます。特に東方世界の戦役を題材にした『キオス島の虐殺』は、従来の古典派・ロマン派絵画を「虐殺した」と評され、賛否の分かれた作品です。

平野啓一郎自身、古典性と文学的実験精神を併せ持つ表現者です。

(c)World History Archive/Alamy/amanaimages
ドラクロワ作『キオス島の虐殺』(1824年　ルーブル美術館所蔵)

平野啓一郎は、ドラクロワの作中に伝統の継承者とその破壊者の両方を見ています。それは森鷗外や三島由紀夫を愛読してきた現代作家、平野啓一郎自身の創作姿勢でもあります。

世紀末頽廃絵画の極北

三島由紀夫のビアズリー

三島由紀夫は、数々の小説作品とともに舞台演劇用の脚本も手掛ける一方、演出家としても活躍しています。この点は、安部公房とも共通します。

さて、オスカー・ワイルド（『幸福な王子』『ドリアン・グレイの肖像』で知られる）原作の『サロメ』の舞台化で、三島が演出を担当しています。初演のサロメ役は岸田今日子でした。サロメは、エロド王の愛娘で、妖艶《ようえん》な魅力でヨカナーン（ヨハネ）を誘惑し、かなわぬとなるとその首を所望するという、文学世界で名高い〝悪女〟〝妖婦〟です。

その『サロメ』の挿絵もこれ以上ないほど頽廃《たいはい》的で世紀末的耽美《たんび》主義に満ち満ちた作品です。オーブリー・ビアズリーという二十五歳で夭折《ようせつ》した画家によるものです。

ビアズリー作『お前の口に口づけしたよ』

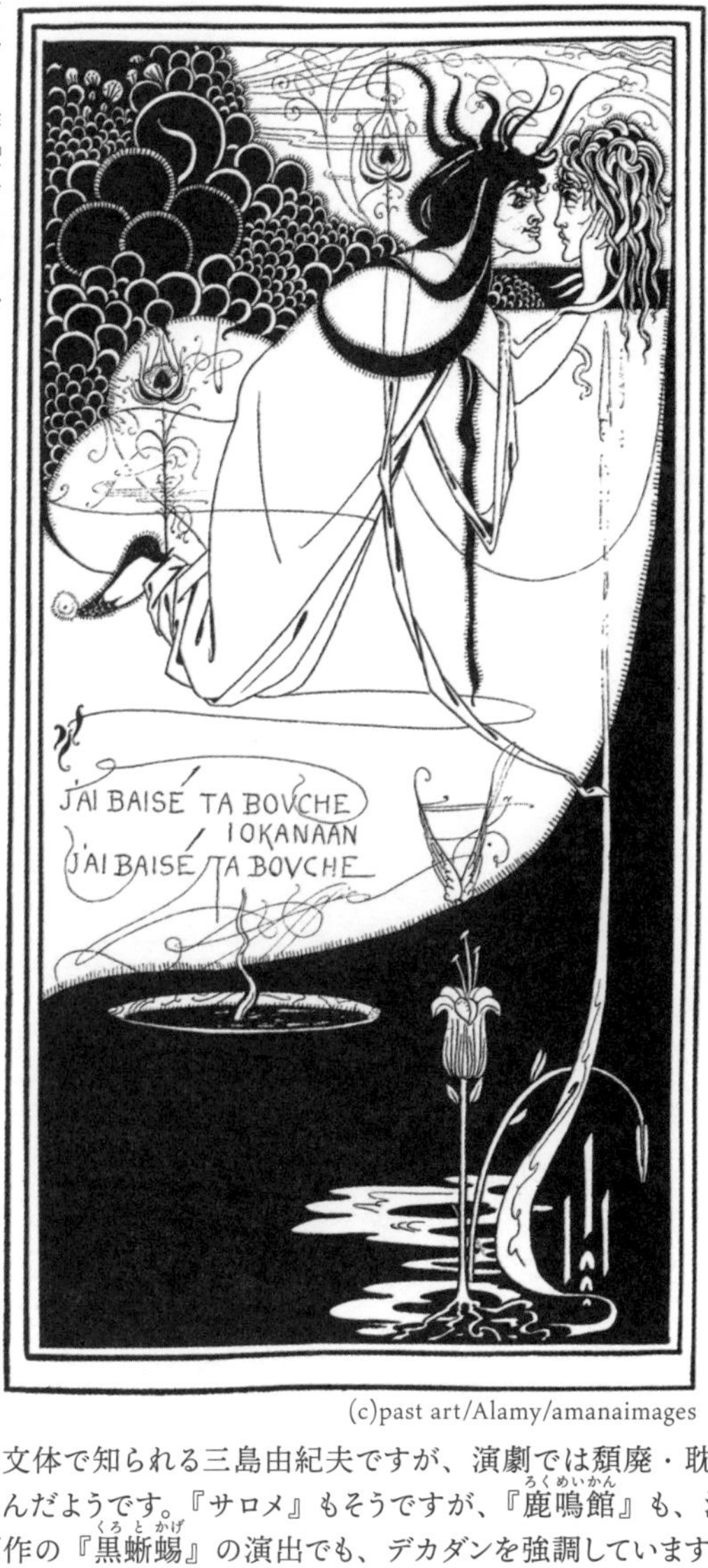
J'AI BAISÉ TA BOUCHE
IOKANAAN
J'AI BAISÉ TA BOUCHE

硬質な文体で知られる三島由紀夫ですが、演劇では頽廃・耽美なものを好んだようです。『サロメ』もそうですが、『鹿鳴館《ろくめいかん》』も、江戸川乱歩原作の『黒蜥蜴《くろとかげ》』の演出でも、デカダンを強調しています。

爆弾の起爆剤

梶井基次郎のアングル

第6章の『檸檬』で、丸善にて売り物の画集を積み上げる場面がありました。その中で画家の名前が唯一つ挙げられているのですが、それがアングルです。

ジャン＝オーギュスト＝ドミニック・アングルは、ナポレオンの宮廷画家だったジャック＝ルイ・ダヴィッドの弟子です。主に十九世紀前半に活躍し、古代の理想を継承する新古典派の代表的作家で、平野啓一郎『葬送』に出てくるドラクロワのライバルです。一八五五年のパリ万国博覧会では、この二人に特別展示室が与えられています。

アングルの代表作は『ルイ十三世の誓願』『玉座のナポレオン一世』『ユピテルとテティス』などで、英雄や神話が題材に選ばれていますね。ピカソにも影響を与えた作家のひとりです。

アングル作『玉座のナポレオン一世』（一八〇六年　パリ　軍事博物館所蔵）

(c)The Picture Art Collection/Alamy/amanaimages

結核に侵されながら繊細な精神と筆致を失わなかった梶井基次郎が、アングルのような英雄や神話などの神々《こうごう》しいまでの威光を放つ作品を描いた作家に関心があったのは意外な組み合わせです。

美の妖術師

柳原 慧のラ・トゥール

デビュー作『パーフェクト・プラン』で「このミステリーがすごい！」大賞を受賞した柳原慧《やなぎはらけい》の第二作が『いかさま師』です。天才的技量を持ちながら今は無名画家である「鷺沢絋《さぎさわこう》」の自死、その妻の死体発見、遺産相続をめぐる謎解きが展開します。作中ラ・トゥールの絵が重要な役を果たしています。表紙も彼の作品で、女の目つきが怪しいのが魅力。

ジョルジュ・ド・ラ・トゥールは、ルイ十三世の宮廷画家で、十七世紀前半に活躍した、やはり謎多き人物です。「いかさま師」の名を冠した作品は『ダイヤのエースを持ついかさま師』『クラブのエースを持ついかさま師』の二点。何かゾクッとくるタイトルですね。

(c)Godong/Alamy/amanaimages

ラ・トゥール作　『ダイヤのエースを持ついかさま師』(1636 〜 38 年　ルーブル美術館所蔵)

ラ・トゥールは光と闇の画家と評され、人間の二面性をモチーフとする作品が多いのですが、小説『いかさま師』も、虚と実、表と裏、光と闇といった二面性を縦横に展開して、読者を魅惑的に翻弄します。

ポスターの革命

筒井康隆のロートレック

ロートレックの作品に彩られた瀟洒《しょうしゃ》な洋館で発生した殺人事件の謎解きミステリーです。筒井康隆《つついやすたか》は、高校時代の音楽・美術の成績は抜群で、同志社大学文学部美学芸術学専攻に進み、卒業後は展示装飾会社に就職するなど、美術の造詣《ぞうけい》は深いようです。

とりわけロートレックは、ポスター・商業広告を芸術に高めた異才ですからね。

アンリ・ド・トゥールーズ=ロートレックは貴族の末裔《まつえい》で、十九世紀後半パリ・モンマルトルに住み、ムーラン・ルージュやムーラン・ド・ラ・ギャレットの踊子や出入りする人物を描いています。本の表紙は『ジャンヌ・アヴリル』です。ちなみにロートレックは『サロメ』のオスカー・ワイルドの肖像も描いています。

ロートレック作『ムーラン・ルージュ　ラ・グーリュ』(一八九一年)

(c)classicpaintings/Alamy/amanaimages

『ロートレック荘殺人事件』の主人公は、ロートレックと同様に少年期の事故で、それきり身体の成長が止まってしまった作家です。ロートレックは踊子を好んで描いていますが、筒井康隆は本作で、それぞれ魅力的な美女 3 名による恋の駆け引きを描いています。

第11章

作家と猫
作家と犬

日本の作家にも強烈な猫派と犬派がいます。また、私生活にとどまらずその愛情が作品にも反映されているもの、作中における見事な舞台装置や象徴的役柄になっているものもあります。作家の個性がよく出ています。

猫に跪《ひざまず》く愉悦《ゆえつ》

谷崎潤一郎

日本文学界を代表するマゾヒストで、女性礼《らい》賛者《さんしゃ》で、無類の猫好きとしても知られるのが谷崎潤一郎です。簡単には手なずけられない存在、自分を翻弄《ほんろう》してくれる存在として、魅惑的な女性と猫とを同一視しているところがあります。いや同一視というより、猫の中に、真正の女性性を見出していたのでしょう。

それがよくわかる作品が『猫と庄造と二人のおんな』です。主人公庄造の猫への溺愛《できあい》ぶりは尋常ではありません。一匹の魚を自分が口に咥《くわ》えてリリー（猫の名）に差し出し、引っ張り合って戯《たわむ》れています。妻の前で。

「二人のおんな」とは、妻と前妻で、リリーへの嫉妬《しっと》に身を焼かれています。かくて夫・元夫の愛情を引きとどめるため、リリー争奪戦となります。

(c) 文藝春秋 / アマナイメージズ

「リリー」と呼ばれると、「ニャア」と云いながら寄って来る。そこを掴まえようとすると、又するすると手の中を脱けていってしまう。庄造は猫のこう云う性質がたまらなく好きなのであった。

（『猫と庄造と二人のおんな』）

作家と猫、ここに極まれり！

大佛次郎

文豪には猫好きが多いのですが、その玉座に君臨するのは大佛次郎《おさらぎじろう》でありましょう。蒐集《しゅうしゅう》した猫グッズが三〇〇点以上で、真に驚愕《きょうがく》すべきは、暮らした猫の総数が五〇〇匹！

自らのエッセイとしては、『猫のいる日々』（徳間書店二〇一四年）があり、『スイッチョねこ』という童話もあります（絵担当の朝倉摂《あさくらせつ》生誕一〇〇周年記念の新装版　青幻舎二〇二二年）。彼の猫関連の偉業は、『大佛次郎と猫―500匹と暮らした文豪』（大佛次郎記念館監修・小学館二〇一七年）にまとめられています。

最大のヒット作は『鞍馬天狗《くらまてんぐ》』です。新撰組の近藤勇と剣を交える時代劇ヒーローです。最近ではNHKで野村萬斎《のむらまんさい》主演のドラマになっています。

猫は僕の趣味ではない。いつの間にか生活になくてはならない優しい伴侶になっているのだ。猫は冷淡で薄情だとされる。そう云われるのは、猫の性質が正直すぎるからなのだ。猫は決して自分の心に染まぬことをしない。そのために孤独になりながら強く自分を守っている。

（『猫のいる日々』大佛次郎）

眠れる猫への無償の愛

室生犀星

二〇〇二年に金沢の生家跡地にて開館となった室生犀星《むろうさいせい》記念館では、たびたび猫関連企画展が催されています。それほど室生犀星は、猫との関係が深く、猫への眼差しが温かい詩人なのです。仔猫とご飯を分け合う日々もあり、犬と合わせて生涯で二〇匹もの猫と暮らしました。

その名も『動物詩集』には「猫のうた」があり、詩集『青き魚を釣る人』には「愛猫」という作品もあります。ともに眠る猫に寄せられたものので、「ねこ」は「よくねるこ」が語源でした。

室生犀星は、養子先の都合で高等小学校さえ卒業させてもらえないなど故郷では不遇でしたが、上京後、『青猫』『猫町』で知られる詩人萩原朔太郎《はぎわらさくたろう》と交友を結びます。猫に導かれてますね。

人間の性質をみることがうまくて
やさしい人についてまわる、
きびしい人にはなつかない、
いつもねむっていながら
はんぶん眼をひらいて人を見ている。
どこの家にも一ぴきいるが、
猫は時計のかわりになりますか。

（『動物詩集』）

浮世を斜め下から視る猫の眼

夏目漱石

『吾輩は猫である』夏目漱石の小説デビュー作です。漱石の作品名は、『三四郎』や『門』、『こころ』などほぼ素気《そっけ》ない一単語のみですが、この処女作のみ例外です。

漱石によるタイトル原案は、『猫伝』(例によって!)だったところ、高浜虚子《たかはまきょし》のアドバイスで冒頭の第一文を題名にします。かくて虚子主催の雑誌『ホトトギス』掲載となります。

本作の猫は、人間を風刺的に語る狂言回《きょうげんまわ》し役です。犬目線とは違う、猫目線の効果があります。そもそも小説のことばがまだ確立しておらず、各作家が模索する中漱石は、猫による語りのスタイルを選んだわけです。さぞかし、猫が大好きかと思いきや、エッセイ『硝子戸《がらすど》の中《うち》』にもあるように、好きなのは実は犬だったようです。

吾輩はここで始《はじ》めて人間という
ものを見た。しかもあとで聞く
とそれは書生といふ人間中で一
番獰悪《どうあく》な種族であつたさうだ。
（『吾輩《わがはい》は猫である』）

放浪と野良猫

林芙美子

林《はやし》芙《ふ》美《み》子《こ》と言えば、女優森《もり》光《みつ》子《こ》が舞台で二〇〇〇回以上も演じた、あの『放《ほう》浪《ろう》記《き》』の原作者です。

苦労の絶えない若い頃の日記をもとにした彼女の「代表作」とされる『放浪記』の中にも、しばしば猫が登場します。効果的な間の取り方として出てきますし、自分自身や登場人物を野良猫にたとえたりもします。また、井戸に落ちてしまう猫なども。

作家の田《た》辺《なべ》聖《せい》子《こ》は、世の評価と異なり、『浮雲』こそ林芙美子の代表作だと語っていますが、そちらも〝猫頻出〟です。自由に振る舞いながら、ふっと人間の生活と接点をもつ存在として登場します。「放浪記」も「浮雲」も林芙美子の生き方を示唆していますが、それは猫の生き方にも通じます。

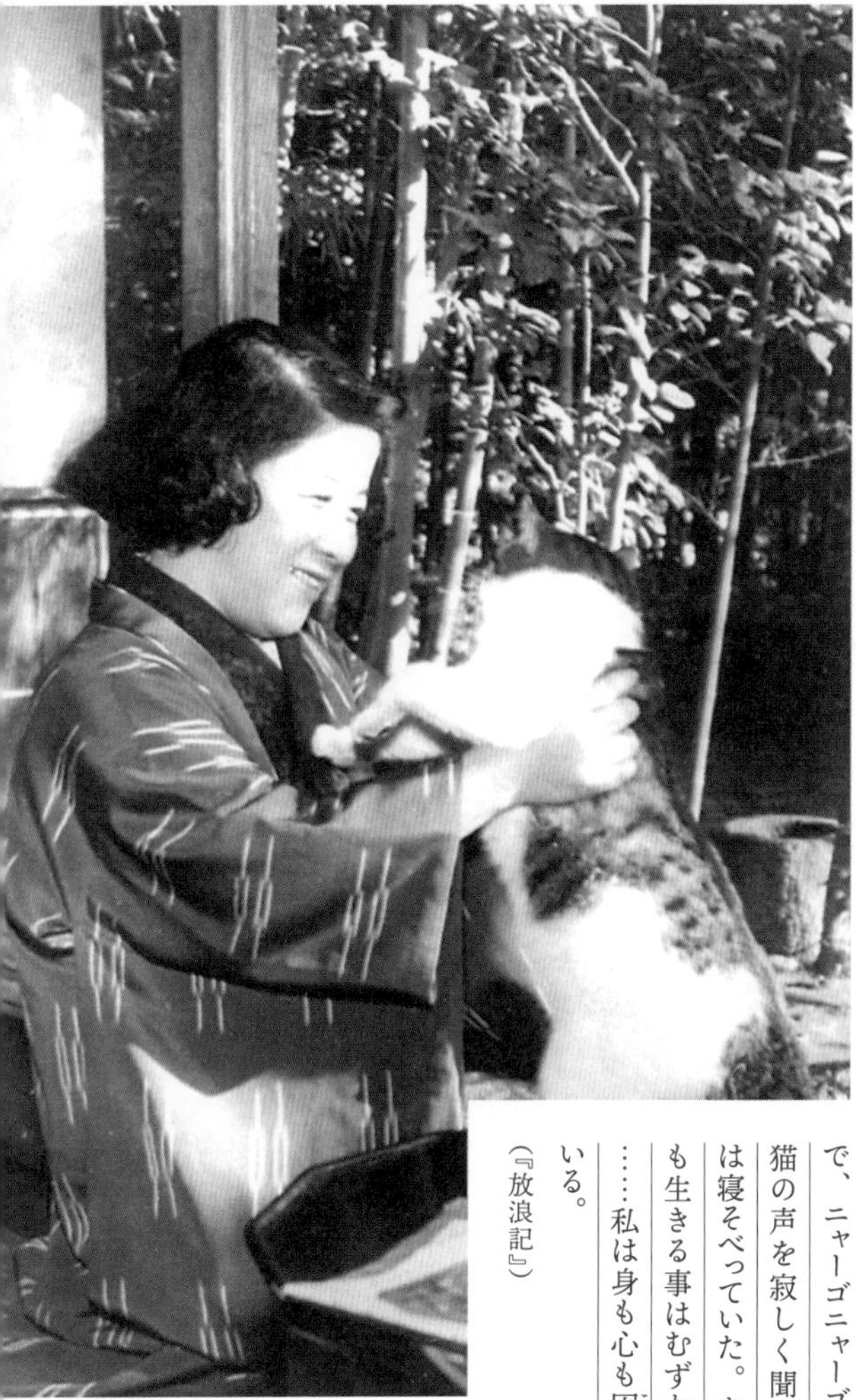

東京は悲しい思い出ばかり、いっそ京都か大阪で暮らしてみよう……。天保山の安宿の二階で、ニャーゴニャーゴ鳴いている猫の声を寂しく聞きながら私は寝そべっていた。あゝこんなにも生きる事はむずかしいものか……私は身も心も困憊《こんぱい》しきっている。

（『放浪記』）

川端康成

犬への愛情は女性への愛情と等しい

川端康成は『愛犬家心得《こころえ》』を執筆するほど犬への愛が深い作家です。ボストンテリア、グレイハウンド、ワイヤーヘアード・フォックス・テリアなどの犬種を輸入さえしています。

十五歳までに父、母、祖母、姉、祖父を失い孤児となり、〃孤独の作家〃と評されます（久米正雄など新年の挨拶で「川端君は孤独だね」と面と向かって発言）が、ワンちゃんが家族としての癒しだったのかも。

小説では、『禽獣《きんじゅう》』で、女性への感情と犬への感情を幻想的にシンクロさせるような描き方をしています。三島由紀夫は、『山の音』『反橋《そりばし》連作』と並ぶ川端作品ベスト3に選んでいます。

一方、本人は本作を嫌悪していたそうで、本心を書きすぎた後悔でしょうか。

一時の気まぐれやたはむれ心から、犬を買つたり、貰つたりしないのは、愛犬家心得の一つである。

犬も家族の一員のつもりで、犬の心の微妙な鋭敏さに親しむことは愛犬家心得の一つである。

（『愛犬家心得』）

〝あの〟犬の名作を翻訳

菊池寛

馬主で、競馬の入門書まで書いた菊池寛ですが、犬への関心も並々ならぬものがあったようです。特筆すべきは、あの『フランダースの犬』の翻訳をしていることです。原作者は、十九世紀英国の作家ウィーダ（本名マリー・ルイーズ・ド・ラ・ラメー）です。

〝あの〟と記しましたが、イギリスでもベルギー北部のフランドル地方でも『フランダースの犬』は日本ほどの知名度はありません。日本では、一九七五年フジテレビ系列の「世界名作劇場」のアニメで極めて有名です。作品を観て泣いた方も多いのではないでしょうか。

主人公のネロ（ネルロ）が愛犬パトラッシュとともに、死の直前にアントワープ大聖堂で見た絵画はルーベンスの祭壇画『キリストの昇架』『キリストの降架』です。

生命《いのち》のある間はなれられなかったこのふたりは、死んでからもはなれませんでした。少年の腕はどうしてもはなすことのできないほどしっかりと犬を抱きしめていました。

恥じ入って後悔した村の人達は、ふたりのために、神さまが特別のお恵みをお与え下さるように祈りながら、墓を一つにして、主従抱き合ったままで葬りました。――永遠《とこしえ》に――

（『フランダースの犬』（菊池寛訳））

作家紹介

1 蜜蜂と遠雷

恩田 陸◆おんだ りく（1964～）…P14

青森市生まれ。早稲田大学教育学部国語国文学科卒。在学中はオーケストラ部にも所属。『六番目の小夜子』でデビュー。『夜のピクニック』で吉川英治文学新人賞・本屋大賞。『蜂蜜と遠雷』で直木賞・本屋大賞、映画化もされる。執筆ジャンルはミステリー・記録文学・青春文学・ホラー・SFなど広範囲に及ぶ。

2 コンビニ人間

村田沙耶香◆むらた さやか（1979～）…P16

千葉県印西市生まれ。小学生のころから執筆を始める。玉川大学文学部芸術学科芸術文化コース卒。『授乳』で群像新人文学賞、『ギンイロノウタ』で野間文芸新人賞、『しろいろの街の、その骨の体温の』で三島由紀夫賞、『コンビニ人間』で芥川賞。受賞時に本当にコンビニバイトをしていたことは有名。

3 スティル・ライフ

池澤夏樹◆いけざわ なつき（1945～）…P18

北海道帯広市生まれ。父親は芥川賞作家の福永武彦《ふくながたけひこ》。埼玉大学理工学部物理学科中退。『スティル・ライフ』で中央公論新人賞・芥川賞。小説での受賞歴多数に加えて、社会時評・詩・翻訳・文芸批評・編集でも活躍。とくに2007年から始まった河出書房新社『池澤夏樹＝個人編集　世界文学全集』30巻の評価は高い。

4 蛇にピアス

金原ひとみ◆かねはら ひとみ（1983～）…P20

東京都出身。父親で翻訳家・児童文学研究者である金原瑞人《かねはらみずひと》の法政大学のゼミに高校生時代から参加していた。20歳の時『蛇にピアス』でデビューし、すばる文学賞と芥川賞（綿矢りさ『蹴りたい背中』も当時史上最年少で同時受賞）。本作は、蜷川幸雄《にながわゆきお》監督・吉高由里子《よしたかゆりこ》主演で映画化もされている。すでに小説での受賞歴多数。

5 乳と卵

川上未映子◆かわかみ　みえこ（1976～）…P22

大阪市城東区生まれ。ビクターエンタテインメントでアルバムを出すなど歌手としての音楽活動歴もある。デビュー作『わたくし率イン歯ー、または世界』で早稲田大学坪内逍遥大賞奨励賞。『乳と卵』で芥川賞。国内の文学賞受賞歴多数の他、海外でも評価が高い。村上春樹との共著に『みみずくは黄昏に飛びたつ』がある。

6 女生徒

太宰 治◆だざい　おさむ（1909～1948）…P24

青森県金木村《かなぎむら》の大地主の家に六男として生まれる。生家は斜陽館と呼ばれ、現在は太宰治記念館。旧制弘前高校卒、東京帝国大学仏文科中退。井伏鱒二《いぶせますじ》に師事。代表作に『富岳百景』『走れメロス』『斜陽』『人間失格』などがある。数々の自殺未遂や破滅的・自虐的な私小説で知られる。玉川上水で山崎富栄《やまさきとみえ》と入水《じゅすい》自殺。

7 伊豆の踊子

川端康成◆かわばた　やすなり（1899～1972）…P26

大阪市北区生まれ。旧制第一高等学校卒、東京帝国大学国文学科卒。一高生の時以来10年にわたって伊豆湯ヶ島に通う。横光利一《よこみつりいち》とともに新感覚派の作家として活躍。代表作『雪国』『千羽鶴』『古都』。エロティシズム漂う『眠れる美女』などもある。1968年ノーベル文学賞。三島由紀夫の葬儀委員長を務めた翌年、逗子の自宅でガス自殺。

8 おとうと

幸田 文◆こうだ　あや（1904～1990）…P28

現在の東京都墨田区東向島にて、幸田露伴《こうだろはん》の次女として生まれる。女子学院卒。結婚、出産、離婚を経て、執筆活動しながら高齢になった父の看病や介護をする。父をはじめ、家族を話題にした作品が多い。代表作『父』『おとうと』『きもの』など。露伴やその後妻＝継母のしつけが厳しかったことでも知られる。

9 徒然草

兼好法師（吉田兼好）◆けんこうほうし（よしだけんこう）

（1283？〜1352？）…P30

鎌倉時代後期〜南北朝時代の歌人。俗名卜部兼好《うらべのかねよし》。出家後に法名を音読みで「けんこう」とした。京都にある吉田神社の神官の子。後二条天皇に仕え、その後、30歳前後で出家をして、修学院や比叡山横《よ》川《かわ》に住む。晩年は足利尊氏の執事高師直《こうのもろなお》と交流があった。二条為《ため》世《よ》に和歌を習い、二条派の和歌四天王の一人。

10 ノルウェイの森

村上春樹◆むらかみ　はるき（1949〜）…P36

京都市生まれ。早稲田大学第一文学部卒。デビュー作『風の歌を聴け』で群像新人賞。『ノルウェイの森』は1000万部超。その他代表作に『羊をめぐる冒険』『世界の終りとハードボイルドワンダーランド』などがあり、海外の文学賞も含めた受賞歴多数。地下鉄サリン事件に関するインタビュー集『アンダーグラウンド』もある。

11 ベッドタイムアイズ

山田詠美◆やまだ　えいみ（1959〜）…P38

東京都板橋区生まれ。明治大学文学部中退。デビュー作『ベッドタイム・アイズ』で文藝賞。『ソールミュージック・ラバーズ・オンリー』で直木賞。恋愛や学校を舞台とする作品が多い。小説での文学賞受賞歴多数の他、「熱血ポンちゃん」シリーズで知られるエッセイも多数。漫画家・イラストレーターという別の顔ももつ。

12 妊娠カレンダー

小川洋子◆おがわ　ようこ（1962〜）…P40

岡山市生まれ。早稲田大学文学部文芸専修卒。デビュー作『揚羽蝶が壊れる時』で海燕新人文学賞、『妊娠カレンダー』で芥川賞。他の代表作に『博士の愛した数式』『薬指の標本』『ホテル・アイリス』などがあり、ドラマ化・映画化作品も多い。『犬のしっぽを撫でながら』などエッセイも多数。

13 文学部唯野教授

筒井康隆◆つつい　やすたか（1934 〜）…P42

大阪市生まれ。同志社大学文学部美学芸術学科卒。幼少期からの膨大な読書経験は『漂流－本から本へ』に詳しい。父弟も巻き込んだSF雑誌『NULL』を創刊して注目される。代表作に『朝のガスパール』（新聞連載）、何度も映画化・アニメ化されている『時をかける少女』がある。演劇人としてのキャリアも作家活動同様に長い。

14 風立ちぬ

堀 辰雄◆ほり　たつお（1904 〜 1953）…P44

現在の東京都千代田区平河町生まれ。旧制第一高等学校、東京帝国大学国文学科。軽井沢で油絵を描いていた少女、矢野綾子と出会い、『風立ちぬ』の「節子」のモデルとなる。スタジオジブリの同名のアニメ作品も本作のエッセンスが活かされている。他の代表作『聖家族』『美しい村』。小林秀雄、芥川龍之介、川端康成との交友もあった。

15 三四郎

夏目漱石◆なつめ　そうせき（1867 〜 1916）…P46

現在の東京都新宿区生まれ。第一高等中学校（後の旧制一高）、東京帝国大学英文科卒、同大学院修了。1900 年に文部省命で英国留学するも神経衰弱で 2 年後に帰国。東大講師を経て、朝日新聞専属作家。幼少期に養子に出されたときの経験を基にした自伝的小説に『道草』がある。小説以外に日本の近代化・文明化を論じた評論や全国公演記録もあり、切れ味鋭い。

16 たけくらべ

樋口一葉◆ひぐち　いちよう（1872 〜 1896）…P48

現在の東京都千代田区内幸町生まれ。幼少期より優秀でありながら、小学校より上には進学させてもらえなかった。父兄の死去などもあり生活は苦しかった。20 歳あたりから執筆を始め、文芸誌にも掲載されるようになり、『たけくらべ』は、森鷗外や幸田露伴から高い評価を得ている。2004 〜 2024 年まで五千円札の肖像。

17 舞姫

森 鷗外◆もり　おうがい（1862 〜 1922）…P50

石見国《いわみのくに》、現在の島根県津和野町生まれ。東京医学校本科（現在の東京大学医学部）卒。陸軍の軍医となり 1884 年からドイツ留学。現地で北里柴三郎やコッホにも会っている。帰国後、軍医を務めながら小説や翻訳を発表するようになり、読売新聞で連載を持った。代表作に『高瀬舟』『ヰタ・セクスアリス（ラテン語で性欲的生活）』がある。医学と文学両方で博士号。

18 外科室

泉鏡花◆いずみ　きょうか（1873 〜 1939）…P52

石川県金沢市生まれ。北陸英和学校中退。上京して尾崎紅葉の門下生となる。私小説の多い近代日本文学においてロマン主義、幻想文学の旗手となる。代表作は、高野山の僧侶が若かりし頃、飛騨山中での神秘的幻想的体験を語った『高野聖《こうやひじり》』。ロマンの薫り高い作品に贈られる泉鏡花文学賞は 1973 年から続いている。

19 友情

武者小路実篤◆むしゃのこうじ　さねあつ（1885 〜 1976）…P54

現在の東京都千代田区一番町の子爵家に生まれる。8 人兄弟の末っ子。学習院初等科・中等科卒、東京大学文科社会科中退。学習院時代の仲間と同人誌『白樺』を創刊する。人道主義・博愛・理想主義の作家であり、理想の共同体「新しき村」を宮崎県で実践。代表作『お目出たき人』『幸福者』『真理先生』『その妹』などがある。

20 金色夜叉

尾崎紅葉◆おざき　こうよう（1868 〜 1903）…P56

現在の東京都港区芝大門に生まれる。東京大学予備門（後の旧制第一高等学校）在学中に山田美妙《やまだびみょう》らと硯友社《けんゆうしゃ》を結成し雑誌『我楽多文庫《がらくたぶんこ》』を創始。『二人比丘尼色懺悔《ににんびくにいろざんげ》』を発表。井原西鶴《いはらさいかく》の美学を継ぐ。東京帝国大学国文科中退。読売新聞入社、作品を多数発表。「である調」の言文一致体を試みたことでも有名。幸田露伴とならぶ紅露時代を築く。

21 伊勢物語

作者未詳…P58

22 蜻蛉日記

藤原道綱母◆ふじわらのみちつなのはは（936 ?〜 995）…P60

平安時代中期の歌人。藤原倫寧《ともやす》の娘。後に摂政・関白となる藤原兼家《かねいえ》と結婚（兼家には正妻時姫がいる）。955 年に道綱を出産。兼家には「町の小路の女」などの愛人もたくさんおり、次第に宮中への出仕などを口実に作者のもとへ通ってこなくなり、作者は苦悩する。一人息子の道綱が生きがい。『蜻蛉日記』は最初の女流仮名日記。

23 源氏物語

紫式部◆むらさきしきぶ（973 ?〜?）…P62

曽祖父は藤原兼輔《ふじわらのかねすけ》という有名な歌人。父は藤原為時《ためとき》で和歌のみならず、漢学にも長けていた。その血を受け継いだ紫式部は幼い頃から頭脳明晰で、9歳の頃には漢文がスラスラ読めた。25 歳頃に 20 歳ほど年上の藤原宣孝《のぶたか》と結婚し、翌年娘賢子《けんし》を出産。『源氏物語』が評判となり、一条天皇の中宮彰子《ちゅうぐうしょうし》の女房としてスカウトされる。

24 ツバキ文具店

小川 糸◆おがわ　いと（1973 〜）…P68

山形市生まれ。デビュー作『食堂かたつむり』で輝く！　ブランチ BOOK 大賞・新人賞、イタリアとフランスの文学賞も受賞。柴咲コウ主演で映画化。『つるかめ助産院』『ツバキ文具店』『ライオンのおやつ』はNHKでドラマ化。『ツバキ〜』の続編に『キラキラ共和国』がある。また作詞家として音楽ユニットにも参加している。公式サイト「糸通信」。

25 もらい泣き

沖方 丁◆うぶかた　とう（1977 〜）…P70

岐阜県各務原《かかみがはら》市生まれ。早稲田大学在学中に発表した『黒い季節』でスニーカー大賞金賞。『マルドゥック・スクランブル』で日本SF大賞。『天《てん》地《ち》明察《めいさつ》』で吉川英治文学新人賞、本屋大賞、岡田准一主演で映画化。士郎正宗《しろうまさむね》原作の漫画『攻殻機動隊《こうかくきどうたい》』のアニメ版の脚本をはじめ、ゲームや漫画の原作・脚本の仕事も多数。

26 塩狩峠

三浦綾子◆みうら　あやこ（1922 〜 1999）…P72

北海道旭川市生まれ。旧制旭川市立高等女学校卒。キリスト教（プロテスタント）の洗礼を受ける。朝日新聞の懸賞金小説に応募して『氷点』が採用され、1000 万円獲得。新聞でも連載された他、若尾文子主演で映画化。『塩狩峠』『細川ガラシャ夫人』などキリスト教の信仰に基づく作品が多い。

27 野菊の墓

伊藤佐千夫◆いとう　さちお（1864 〜 1913）…P74

現在の千葉県山武《さんむ》市生まれ。明治法律学校（現在の明治大学）中退。正岡子規《まさおかしき》の門下生となる。歌誌『アララギ』の中心メンバーとして歌人として活躍。斎藤茂吉《さいとうもきち》は弟子にあたる。41 歳にして小説のデビュー作となったのが『野菊の墓』で雑誌『ホトトギス』にて発表。松田聖子がヒロインを演じる映画もある。

28 山椒魚

井伏鱒二◆いぶせ　ますじ（1898 〜 1993）…P76

現在の広島県福山市生まれ。早稲田大学仏文科に進むも当時の学科長によるセクハラ・アカハラで中退。文学仲間と同人誌を創刊し『幽閉《ゆうへい》』を発表する。これが改編されて『山椒魚』になる。『ジョン萬次郎漂流記』で直木賞。他の代表作に広島原爆の惨禍を描いた『黒い雨』がある。太宰治の仲人《なこうど》をしたことでも知られる。

29 枕草子

清少納言◆せいしょうなごん（966？～ 1025？）…P78

曽祖父は清原深養父《きよはらのふかやぶ》、父は清原元輔《もとすけ》で、どちらも有名な歌人。本人含め、3人とも『百人一首』に和歌が採用されている。父の影響で和歌や漢詩などの才能に長けている。橘則光《たちばなののりみつ》と結婚し、則長《のりなが》を出産。その後、離婚。一条天皇の中宮定子《ていし》に仕えた。紫式部とライバルのような描き方をよくされるが、実際に二人が会ったことはない。

30 万葉集

大伴家持（編纂）◆おおとものやかもち（718？～ 785）…P80

父は大伴旅人《おおとものたびと》（元号「令和」の出典となったのは、この大伴旅人の邸宅での宴会で詠まれた「梅花の歌32首」の序文）。代々高級官吏で父は大納言、家持は中納言にまで昇進。『万葉集』には約4500首の和歌が収録されているが、そのうちの約480首が家持の和歌。その他、勅撰和歌集にも60首採用されている。

31 かがみの孤城

辻村深月◆つじむら　みづき（1980 ～）…P86

山梨県笛吹市生まれ。千葉大学教育学部卒。在学中はミステリー研究会に所属。デビュー作『冷たい校舎の時は止まる』でメフィスト賞、『ツナグ』で吉川英治文学新人賞、『鍵のない夢を見る』で直木賞、『かがみの孤城』で本屋大賞。映画版『ドラえもん』の脚本も手掛けている。ドラマ化・映画化・漫画化された作品も多数。

32 理由

宮部みゆき◆みやべ　みゆき（1960 ～）…P88

東京都生まれ。都立墨田川高校卒。法律事務所勤務を経て『我らが隣人の犯罪』がオール讀物推理小説新人賞となり、デビュー。『理由』で直木賞。他の代表作に『火車』『模倣犯』『ブレイブ・ストーリー』があり、ミステリー、ファンタジー、時代小説など領域は広く、受賞歴も多数。大沢在昌《おおさわありまさ》・京極夏彦《きょうごくなつひこ》との連名による公式HPは「大極宮」。

33 告白

湊 かなえ◆みなと　かなえ（1973～）…P90

広島県尾道市因島生まれ。武庫川女子大学家政学部卒。『聖職者』で小説推理新人賞。同作を収録する『告白』が本屋大賞。松たか子主演で映画化。『望郷、海の星』で日本推理作家協会賞、『ユートピア』で山本周五郎賞。『高校入試』は、自らのドラマ脚本を自ら小説化したもの。意外にもアニメ『ルパン三世 PART 6』に脚本で参加。

34 半落ち

横山秀夫◆よこやま　ひでお（1957～）…P92

東京都生まれ。国際商科大学（現在の東京国際大学）卒。上毛新聞記者を経て『陰の季節』で松本清張賞を得て作家デビュー。『半落ち』は「このミステリーがすごい!」で1位、寺尾聰主演で映画化。他の代表作に日航機墜落事故をあつかった『クライマーズ・ハイ』、大戦中の人間魚雷回天をテーマとした『出口のない海』がある。

35 容疑者χの献身

東野圭吾◆ひがしの　けいご（1958～）…P94

大阪市生野区生まれ。大阪府立大学工学部電気工学科卒。エンジニアとして勤務を経て『放課後』で江戸川乱歩賞を獲得して作家デビュー。『秘密』で日本推理作家協会賞、『容疑者χの献身』で直木賞、本格ミステリ大賞。天才物理学者による推理が冴える「ガリレオ」シリーズは福山雅治主演でドラマ化・映画化。

36 元彼の遺言状

新川帆立◆しんかわ　ほたて（1991～）…P96

米国テキサス州ダラス生まれ、宮崎県宮崎市育ち。東京大学法学部卒、同法科大学院修了、司法試験合格。弁護士事務所勤務を経て『元彼の遺言状』で「このミステリーがすごい!」大賞を獲得しデビュー。綾瀬はるか主演でドラマ化・圧倒的存在感の剣持麗子が登場する続編に『倒産続きの彼女』『剣持麗子のワンナイト推理』がある。

37 歯車

芥川龍之介◆あくたがわ　りゅうのすけ（1892 ～ 1927）…P98

現在の東京都中央区明石町生まれ。旧制第一高等学校卒、東京帝国大学英文科卒。大学在学中に同人誌『新思潮』（第 3 次、第 4 次）創刊に参加。『羅生門』『鼻』を発表し、『鼻』が漱石の高い評価を得る。代表作に『蜘蛛の糸』『蜜柑』『杜子春』『トロッコ』『河童』などがある。箴言《しんげん》集『侏儒《しゅじゅ》の言葉』も刺さる。35 歳の時服毒自殺。

38 雨月物語

上田秋成◆うえだ　あきなり（1734 ～ 1809）…P100

江戸時代後期の浮世草子・読本作家でもあり、国学者でもあり、また歌人、俳人、茶人でもある。さらには、医学を学び、町医者にもなっている多才な人物。国学者の本居宣長《もとおりのりなが》と国学の論争を交わしたことも有名。四歳の時に実母に捨てられ、紙油商の上田茂助の養子となる。翌年に痘瘡で生死をさまよい、手の指が不自由になった。

39 東海道四谷怪談

鶴屋南北◆つるや　なんぼく（1755 ～ 1829）…P102

江戸時代後期の歌舞伎作者。「大南北《おおなんぼく》」とも言われている。町人社会の事や人物を描いた生世話物《きぜわもの》が得意。殺し場（殺人場面）なども追究し、怪談話で舞台装置にも凝った演出をした。江戸時代を通して「鶴屋南北」は 5 世いて、『東海道四谷怪談』の作者は 4 世。妻は 3 世の南北の娘。

40 十二国記

小野不由美◆おの　ふゆみ（1960 ～）…P108

大分県中津市生まれ。大谷大学文学部卒。在学中に京都大学推理小説研究会に所属。『バースデイ・イブは眠れない』で作家デビュー。ホラー作品『残穢《ざんえ》』で山本周五郎賞。『魔性の子』『月の影　影の海』から始まる「十二国記」は壮大なシリーズとなり吉川英治文庫賞。漫画化・アニメ化・映画化作品多数。夫は推理小説家の綾辻行人《あやつじゆきと》。

41 精霊の守り人

上橋菜穂子◆うえはし　なほこ（1962 〜）…P110

東京都生まれ。立教大学文学部史学科卒、同大学院博士課程単位取得退学。博士（文学）。文化人類学者として大学で教鞭をとる。『精霊の木』で児童文学作家としてデビュー。『精霊の守《も》り人』で野間児童文学新人賞。綾瀬はるか主演でドラマ化。「守り人」はシリーズ化し、アニメ化・漫画化作品も多数。

42 犬狼都市

澁澤龍彦◆しぶさわ　たつひこ（1928 〜 1987）…P112

現在の東京都港区高輪に生まれる。旧制浦和高校卒、東京大学仏文科卒。26 歳の時ジャン・コクトーの『大胯びらき』を翻訳。これが処女出版。美術論集『夢の宇宙誌―コスモグラフィアファンタスティカ』や草花のエッセイとボタニカルアートから成る『フローラ逍遥』は装丁から超絶美麗。小説の代表作『うつろ舟』『高丘親王航海記』。

43 鉛の卵

安部公房◆あべ　こうぼう（1924 〜 1993）…P114

現在の東京都北区西ヶ原に生まれる。旧制成城高校創立来の数学の天才と評され、東京大学医学部卒。後に公房の著書装丁や舞台美術にかかわる山田真知子と在学中に結婚。26 歳で『壁―S・カルマ氏の犯罪』で芥川賞。代表作『箱男』『砂の女』『方舟さくら丸』など。カフカと同様〝無国籍性〟から世界的に評価が高い。

44 銀河鉄道の夜

宮沢賢治◆みやざわ　けんじ（1896 〜 1933）…P116

現在の岩手県花巻市生まれ。旧制盛岡高等農林学校（現在の岩手大学農学部）卒。農業技術者、農学校教師の傍ら創作活動。28 歳の時、詩集『春と修羅』を出版。草野新平や中原中也に注目される。同年に童話集『注文の多い料理店』出版。他の代表作に『セロ弾きのゴーシュ』『銀河鉄道の夜』『風の又三郎』などがある。急性肺炎で死去。享年 37 歳。

45 南総里見八犬伝

滝沢馬琴◆たきざわ　ばきん（1767〜1848）…P118

「曲亭《きょくてい》馬琴」とも。江戸時代後期の読本作家。戯作者の山東京伝《さんとうきょうでん》に師事し、最初は黄表紙《きびょうし》（大人向けの絵物語）を描いていたが、読本作家に転向。後期読本作家の第一人者となるも、晩年には両目を失明。亡き長男の妻が口述筆記をして、『南総里見八犬伝』は完成した。他に『椿説弓張月』など。

46 竹取物語

作者未詳…P120

47 大鏡

作者未詳…P122

48 古事記

稗田阿礼・太安万侶（編纂）◆ひえだのあれ・おおのやすまろ（生没年不詳・?〜723）…P124

稗田阿礼は飛鳥時代〜奈良時代の官人。天武天皇に仕えており、28歳の時に抜群の記憶力を見込まれて、『帝紀』などの誦習《しょうしゅう》（何度も口に出して暗記すること）をした。太安万侶は飛鳥時代〜奈良時代の貴族。711年に元明《げんめい》天皇から稗田阿礼が暗記していることをまとめるように命令される。それが『古事記』で、天皇に献上。

49 痴人の愛

谷崎潤一郎◆たにざき　じゅんいちろう（1886～1965）…P130

現在の東京都中央区日本橋生まれ。東京帝国大学国文科中退。在学中に同人誌『新思潮』（第２次）創刊。『刺青《しせい》』を発表。耽美《たんび》派の作家永井荷風《ながいかふう》に高く評価される。倒錯的美学による代表作として『痴人《ちじん》の愛』『春琴抄《しゅんきんしょう》』『卍《まんじ》』『鍵』などがある。多くの作品が映画化されている。日本文化論として『陰翳礼讃《いんえいらいさん》』も有名。

50 檸檬

梶井基次郎◆かじい　もとじろう（1901～1932）…P132

大阪市西区生まれ。旧制第三高等学校卒。肺結核と診断され、東京帝国大学英文科に入学するも後に退学。在学中に同人誌『青空』を創刊し同誌に『檸檬』を発表。1926年に伊豆の湯ヶ島温泉で２歳年上の川端康成と面会したり、『伊豆の踊子』の校正を手伝っている。代表作『冬の蠅』『城のある町にて』『桜の樹の下には』など。享年31。

51 つゆのあとさき

永井荷風◆ながい　かふう（1879～1959）…P134

現在の東京都文京区春日生まれ。官立高等商業学校附属外国語学校（現在の東京外国語大学）中退。父が米国大学の留学経験のある高級官僚だったこともあり、アメリカとフランスに外遊する。森鷗外の推薦で慶応義塾大学の教授となり、学内文芸誌『三田文学』を創刊。耽美派の作家として『濹東綺譚《ぼくとうきだん》』『腕くらべ』などが代表作。

52 金閣寺

三島由紀夫◆みしま　ゆきお（1925～1970）…P136

現在の東京都新宿区四谷に生まれる。学習院初等科・中等科・高等科卒。十六歳で『花ざかりの森』を同人誌に発表。伊藤左千夫にちなんで三島由紀夫のペンネームを採用。東京大学法学部卒業後、大蔵省銀行局に勤務。翌年には創作に専念するため退職。小説・戯曲とも国内外で評価が高い。自衛隊市ヶ谷駐屯地で演説後、割腹自殺。

53 城の崎にて

志賀直哉◆しが　なおや（1883～1971）…P138

宮城県生まれ。士族の家柄で、父は足尾鉱山の株式をもつ銀行員で後の足尾鉱毒事件で対立。学習院初等科・中等科・高等科卒、東京帝国大学英文学科中退。在学中に同人誌『白樺』創刊。代表作に『城の崎にて』、父との和解を描いた『和解』『暗夜行路』がある。敗戦後、日本語を廃してフランス語を公用語にすべしと唱えた。

54 土の中の子供

中村文則◆なかむら　ふみのり（1977～）…P144

愛知県東海市生まれ。福島大学行政社会学部卒。『銃』で新潮新人賞を得て小説家デビュー。『遮光』で野間文芸新人賞、『土の中の子供』で芥川賞。他の代表作として『掏摸《スリ》』『教団X』『R帝国』、朝日新聞朝刊の連載だった『カード師』など。公式ホームページにて社会問題や政治の時局についても活発に発言している。

55 破戒

島崎藤村◆しまざき　とうそん（1872～1943）…P146

現在の岐阜県中津川市生まれ。明治学院本科の第1期卒業生。キリスト教の洗礼を受ける。第一詩集『若菜集』でデビュー。続く『落梅集』収録の「椰子の実」は柳田國男の話を受けたもの。小説の代表作に『破戒』『新生』『夜明け前』。「生きて虜囚《りょしゅう》の辱《はずかしめ》を受けず」の戦陣訓にも関わった。日本ペンクラブ初代会長。

56 五重塔

幸田露伴◆こうだ　ろはん（1867～1947）…P148

現在の東京都台東区生まれ。旧幕臣の家柄。東京英学校（現在の青山学院大学）中退。坪内逍遥《つぼうちしょうよう》の『小説神髄《しょうせつしんずい》』や『当世書生気質《とうせいしょせいかたぎ》』の影響で文学を志す。代表作は『五重塔』『風流佛』。旧幕臣であり、東京育ちという視点から東京を論じた『一国の首都』があり、“外から”つまり島根やベルリンから見た森鷗外の東京論とよく比較される。

57 山月記

中島 敦◆なかじま　あつし（1909～1942）…P150

現在の東京都新宿区四谷生まれ。旧制第一高等学校卒、東京帝国大学国文学科卒。父が儒学者、伯父が漢学者で中国の古典文学への造詣が深く、古代中国を舞台にした小説が多い。代表作『李陵《りりょう》』『山月記』。書かれたものだけが歴史なのか、書かれなかったことはなかったことなのかを問う、異色作『文字禍』もある。

58 平家物語

作者未詳…P152

あとがき

学部で歴史学、大学院では哲学を専攻した私ですが、学生時代、著名な文学作品を読み尽くすことを自分に課していました。岩波文庫の赤＝外国文学と緑＝日本近代文学を全部読むぞと。未だに果たせず、しかもごく近年の文学賞受賞作についてはカバーしておりませんでした。そのため今回、最近の小説を大量に読みました。楽しかったぁ！　仕事でこれができて僥倖《ぎょうこう》というほかありません。

今回の企画を私に依頼してくれた編集者の安永さんに、またこの依頼を仲介してくださった共著者の岡本梨奈先生に感謝申し上げます。岡本先生とはスタディサプリ国語科の同僚ですが、今回は初の共著という栄誉に浴し幸せです。

なお、多くのイラストのプロフェッショナルの方々と協働できたことも大きな喜びです。美麗にして印象的な作品の数々、ありがとうございました。

小柴大輔

書店や電子書籍の中でたくさんの本と出会えますが、本当に多すぎて、どの本を手に取ろうか迷ってしまう人も少なくないはずです。

本書に掲載されている作品紹介を読んで、「面白そう！　読んでみよう！」と実際にその本に触れてくださったなら、著者の一人として本当に嬉しく思います。

私も本書に掲載されている近現代の本の中で未読の作品があり、小柴大輔先生の解説を読んで「読みたい」と思った作品が多々ありますので、これを書き終えたらさっそく入手しようと思います。

最後になりましたが、リベラル社編集長の安永敏史《さとし》様、スタディサプリ現代文の小柴大輔先生、素敵なイラストを描いてくださったイラストレーターの皆様、そして、本書を読んでくださった皆様に御礼申し上げます。本当にありがとうございました。

岡本梨奈

参考文献

『十代の本棚—こんな本に出会いたい—』あさのあつこ　岩波ジュニア新書

『本へのとびら—岩波少年文庫を語る』宮崎駿　岩波新書

『書斎の王様』「図書」編集部編　岩波新書

『本は、これから』池澤夏樹編　岩波新書

『第2図書係補佐』又吉直樹　幻冬舎よしもと文庫

『乱読のセレンディピティ』外山滋比古　扶桑社

『未来を生きるための読解力の強化書』佐藤優　クロスメディアパブリッシング

『鹿島茂の書評大全・和物篇』鹿島茂　毎日新聞出版

『解説屋稼業』鹿島茂　晶文社

『大読書日記』鹿島茂　青土社

『ドーダの人、森鷗外—踊る明治文学史』鹿島茂　朝日新聞出版

『ドーダの人、小林秀雄—わからなさの理由を求めて』鹿島茂　朝日新聞出版

『夢の宇宙誌—コスモグラフィア ファンタスティカ』澁澤龍彦　美術出版社

『少女コレクション序説』澁澤龍彦　中公文庫

『澁澤龍彦事典』巖谷國士・高橋睦郎・種村季弘構成　平凡社

『ユリイカ臨時増刊　総特集　澁澤龍彦』青土社

『國文学　澁澤龍彦　幻想のミソロジー』学燈社

『新潮日本文学アルバム54　澁澤龍彦』新潮社

『別冊幻想文学　澁澤龍彦スペシャルⅡドラコニア・ガイドマップ』幻想文学出版局

『本の雑誌の目黒考二・北上次郎・藤代三郎』本の雑誌編集部編　本の雑誌社

『絶景本棚』『絶景本棚2』『絶景本棚3』本の雑誌編集部編　本の雑誌社

『男の隠れ家別冊　書斎　男の愉悦空間』あいであ・らいふ

『ホン!』いしいひさいち　徳間書店

『ヘン!』いしいひさいち　徳間書店

『翻訳語成立事情』柳父章　岩波新書

『街場の文体論』内田樹　ミシマ社

『映画の構造分析—ハリウッド映画で学べる現代思想—』内田樹　晶文社

『文学入門』桑原武夫　岩波新書

『日本文化のかくれた形』加藤周一・木下順二・丸山真男　岩波書店

『翻訳と日本の近代』丸山真男・加藤周一　岩波新書

『日本文化史　第二版』家永三郎　岩波新書

『落語速記はいかに文学を変えたか』櫻庭由紀子　淡交社
『「日本文化論」の変容―戦後日本の文化とアイデンティティー』青木保　中公文庫
『日本語が亡びるとき―英語の世紀の中で』水村美苗　筑摩書房
『近代日本文学案内』十川信介　岩波書店
『新しい文学のために』大江健三郎　岩波新書
『親密な手紙』大江健三郎　岩波新書
『日本文学史　近代から現代へ』奥野健男　中公新書
『翻訳夜話』村上春樹・柴田元幸　文春新書
『職業としての小説家』村上春樹　スイッチパブリッシング
『村上春樹　映画の旅』早稲田大学坪内博士記念演劇博物館監修　フィルムアート社
『モノローグ』平野啓一郎　講談社
『漂流　本から本へ』筒井康隆　朝日新聞社
『深読み日本文学』島田雅彦　集英社インターナショナル新書
『ペルソナ―三島由紀夫伝　日本の近代　猪瀬直樹著作集2』小学館
『新潮日本文学アルバム20　三島由紀夫』新潮社
『写真集　三島由紀夫　'25～'70』新潮文庫
『マガジン青春譜―川端康成と大宅壮一　日本の近代　猪瀬直樹著作集3』小学館
『ピカレスク―太宰治伝　日本の近代　猪瀬直樹著作集4』小学館
『新潮日本文学アルバム19　太宰治』新潮社
『清張　闘う作家―「文学」を超えて』藤井淑禎　ミネルヴァ書房
『夏目漱石、現代を語る―漱石、社会評論集』小森陽一編著　KADOKAWA
『バン・マリーへの手紙』堀江敏幸　岩波書店
『砂漠の思想』安部公房　講談社文芸文庫
『内なる辺境』安部公房　中公文庫
『安部公房ボーダーレスの思想』「國文学」一九九七年八月号學燈社
『新潮日本文学アルバム　安部公房―写真で実証する作家の劇的な生涯』新潮社
『安部公房評伝年譜』谷真介編著　新泉社
『二つの母国に生きて』朝日文庫　ドナルド・キーン
『日本文学史　近代・現代篇』ドナルド・キーン　中公文庫
『新版　漱石論集成』柄谷行人　岩波書店
『日本文学史』小西甚一　講談社学術文庫
『日本の近代小説』中村光夫　岩波新書
『日本文学史序説　上・下』加藤周一　ちくま学芸文庫
『近代日本文学のすすめ』大岡信・加賀乙彦・菅野昭正・曽根博義・十川信介編　岩波文庫
『森鷗外―学芸の散歩者』中島国彦　岩波新書
『谷崎潤一郎・川端康成』三島由紀夫　中公文庫
『南方熊楠　地球志向の比較学』鶴見和子　講談社学術文庫

『森のバロック』中沢新一　講談社学術文庫
『夏目漱石と西田幾多郎―共鳴する明治の精神』小林敏明　岩波新書
『カラー版　近代絵画史（上）増補版―ロマン主義、印象派、ゴッホ』高階秀爾　中公新書
『カラー版　近代絵画史（下）増補版―世紀末絵画、ピカソ、シュルレアリスム』高階秀爾　中公新書
『カラー版　名画を見る目I―油彩画誕生からマネまで』高階秀爾　岩波新書
『カラー版　名画を見る目II―印象派からピカソまで』高階秀爾　岩波新書
『人形作家』四谷シモン　講談社現代新書
『カイエ　一九七八年十月号　特集・ビアズリー―世紀末の美学』冬樹社
『新編日本古典文学全集12　竹取物語　伊勢物語　大和物語　平中物語』片桐洋一・福井貞助・高橋正治・清水好子校注、訳　小学館
『眠れないほど面白い「伊勢物語」』岡本梨奈　三笠書房
『日本の古典をよむ⑦　土佐日記・蜻蛉日記・とはずがたり』菊地靖彦・木村正中・伊牟田経久・久保田淳校訂、訳　小学館
『新編　日本古典文学全集20　源氏物語1』阿部秋生・秋山虔・今井源衛・鈴木日出男校注、訳　小学館
『一気に読める源氏物語』岡本梨奈　幻冬舎
『日本の古典をよむ14　方丈記・徒然草・歎異抄』神田秀夫校注、訳・永積安明・安良岡康作訳　小学館
『眠れないほど面白い「枕草子」』岡本梨奈　三笠書房
『新編日本古典文学全集6〜9　萬葉集①〜④』小島憲之・木下正俊・東野治之校注、訳　小学館
『新編　日本古典文学全集78　英草紙・西山物語・雨月物語・春雨物語』中村幸彦・高田衛・中村博保　小学館
『日本の古典をよむ19　雨月物語・冥途の飛脚・心中天の網島』高田衛・阪口弘之・山根為雄校訂、訳　小学館
『東海道四谷怪談　くもんのまんが古典文学館』上杉可南子イラスト　くもん出版
『南総里見八犬伝　1〜4』浜たかや編著　山本タカトイラスト　偕成社
『新潮日本古典集成　大鏡』石川徹校注　新潮社
『新潮日本古典集成　古事記』西宮一民校注　新潮社
『平家物語が面白いほどわかる本』千明守　ＫＡＤＯＫＡＷＡ

掲載協力

新宿区立漱石山房、さいたま文学館、日本近代文学館、
大佛次郎記念館、室生犀星記念館、新宿歴史博物館、
菊池寛記念館、アマナイメージズ

イラスト紹介

Lima ／表紙 , 15, 45, 69
かわいみな／ 17, 31, 51, 73, 79, 109, 113, 123
caco ／ 19, 29, 39, 61, 81, 89, 115, 131, 149
久米火詩／ 21, 41, 57, 93, 119, 147
田口ヒロミ／ 23, 53
大原沙弥香／ 25, 103, 153
せきやよい／ 27, 59, 63, 71, 75, 95
かわいちひろ／ 7, 87, 91, 97, 111, 133
宮崎ひかり／ 43, 117, 145
小倉マユコ／ 47, 99, 135
SAWA ／ 101, 121, 125, 151
藤田美菜子／ 175, 177, 179, 181, 183, 185, 187

著者紹介

小柴大輔（こしば・だいすけ）

静岡県森町生まれ。スタディサプリ、The ☆ WORKSHOPで現代文・小論文講師。著書に『読み解くための現代文単語　改訂版』文英堂、『小柴大輔の一冊読むだけで現代文の読み方&解き方が面白いほど身につく本』、『偏差値24でも、中高年でも、お金がなくても、今から医者になれる法』（共著）、『話し方のコツがよくわかる　人文・教育系／社会科学系面接　頻出質問・回答パターン25』以上KADOKAWA、『東大のヤバい現代文』青春出版社、『対比思考―最もシンプルで万能な頭の使い方』ダイヤモンド社などがある。

岡本梨奈（おかもと・りな）

大阪府出身。リクルート運営のオンライン予備校「スタディサプリ」高校・大学受験講座古文・漢文講師。同予備校にて高校・大学受験講座の古典のすべての講座を担当。著書に『面白すぎて誰かに話したくなる紫式部日記』リベラル新書)『眠れないほど面白い「枕草子」』三笠書房、『世界一楽しい!万葉集キャラ図鑑』新星出版社、『ざんねんな万葉集』飛鳥新社などがある。

装丁・本文デザイン　生田恵子（NORDIC）

編集人　安永敏史（リベラル社）
校正　合田真子
イラスト　Lima、かわいみな、caco、久米火詩、田口ヒロミ、大原沙弥香、せきやよい、かわいちひろ、宮崎ひかり、小倉マユコ、SAWA、藤田美菜子
DTP　田端昌良（ゲラーデ舎）
営業　持丸孝（リベラル社）

広報マネジメント　伊藤光恵（リベラル社）
制作・営業コーディネーター　仲野進（リベラル社）

編集部　尾本卓弥・中村彩・木田秀和・濱口桃花
営業部　津村卓・澤順二・津田滋春・廣田修・青木ちはる・竹本健志

未来に残したい文学の名著
ツムグ日本文学

2024年11月26日　初版発行

著　者　小柴大輔・岡本梨奈
発行者　隅田直樹
発行所　株式会社 リベラル社
〒460-0008 名古屋市中区栄3-7-9　新鏡栄ビル8F
TEL 052-261-9101　FAX 052-261-9134
http://liberalsya.com
発　売　株式会社 星雲社（共同出版社・流通責任出版社）
〒112-0005 東京都文京区水道1-3-30
TEL 03-3868-3275
印刷・製本所 株式会社シナノパブリッシングプレス

978-4-434-34739-9　C0093